U0806755

静看花开

王静 著

山东大学出版社
SHANDONG UNIVERSITY PRESS
·济南·

图书在版编目(CIP)数据

静看花开 / 王静著. -- 济南 ：山东大学出版社，2024.8. -- ISBN 978-7-5607-8356-7

Ⅰ. I217.2

中国国家版本馆 CIP 数据核字第 2024JQ8307 号

责任编辑　朱若翌
封面设计　王秋忆

静看花开
JINGKAN HUAKAI

出版发行　山东大学出版社
社　　址　山东省济南市山大南路 20 号
邮政编码　250100
发行热线　(0531)88363008
经　　销　新华书店
印　　刷　济南乾丰云印刷科技有限公司
规　　格　720 毫米×1000 毫米　1/16
　　　　　19 印张　238 千字
版　　次　2024 年 8 月第 1 版
印　　次　2024 年 8 月第 1 次印刷
定　　价　68.00 元

版权所有 侵权必究

目　录

散　文

菊花发卡 …………………………………………………………………… (3)
阿姨,您在哪里 ……………………………………………………………… (6)
青春剪影 …………………………………………………………………… (9)
时光剪影 …………………………………………………………………… (15)
槐花飘香 …………………………………………………………………… (18)
草药姨 ……………………………………………………………………… (23)
陪护散记 …………………………………………………………………… (31)
琴梦 ………………………………………………………………………… (47)
山里行 ……………………………………………………………………… (49)
送电脑的男孩 ……………………………………………………………… (58)
花又开 ……………………………………………………………………… (61)
一个阳光明媚的日子 ……………………………………………………… (63)
两棵枣树 …………………………………………………………………… (67)

评　论

平平淡淡才是真 …………………………………………………………… (71)
浅评张爱玲小说《金锁记》的思想、艺术价值 …………………………… (79)
浅析侯贺林小说的平民意识和语言特色 ………………………………… (88)

浅析文学期刊的现状及应对措施 ………………………………………… (94)
对提高期刊编校质量的一点体会 ……………………………………… (100)
谈谈文学期刊的人气问题 ……………………………………………… (105)

诗 歌

行走的足迹 ……………………………………………………………… (113)
秋韵 ……………………………………………………………………… (219)
咏花 ……………………………………………………………………… (232)
观于强画师的画作有感 ………………………………………………… (263)
晒美食 …………………………………………………………………… (290)

散文

菊花发卡

下班的路上，我常常避开宽阔的大路，绕道去走一条偏僻的乡村小路。因为我喜欢那里广阔的麦田，碧绿的菜地，高高的杨树林和纵横交错的河渠，更喜欢那里劳作的人们和玩耍的孩童……每走到这里，我不由得就放慢了车速，精神也随之放松了许多。

一次，我看到一个小女孩在不远处田头的土路上，用一辆自制的简易独轮小推车，贴着地皮推着一个一岁左右的小男孩，歪歪扭扭地走着。小男孩很乖，老老实实稳稳当当地坐在车里，大概他知道一乱动就会歪到地上吧。我把车速放得更慢了，与推车的小女孩并行。她见我老看她，便冲我友好地一笑，她的笑使我的心头一热，不由得想与她说说话：

“你几岁了？”

“三岁半了。”

“哟，你俩这么小出来玩，怎么没有大人跟着？”

“我爸爸在外面给人盖房子，我妈在地里干活。我帮妈妈照看弟弟。”小女孩的语气里流露出自豪。

不觉走到了岔路口，该分手了，小女孩又朝我笑笑。农村的孩子不习惯说“谢谢”“再见”之类的话，她是用微笑表达礼貌、友好和再见。但我相信，那是一个三岁孩子发自内心的最美好的情感。被小女孩的微笑感染，那天，我的心情特别好。

第二天下班，我又经过那条小路，看见那个小女孩的弟弟坐在房前的草地上正拾起一块土坷垃往嘴里送。我急忙跳下车，冲房里喊："家里有人吗？小孩吃土了！"

我这一喊，拴在旁边的大黄狗叫了起来，小孩也哭了。一位年轻的媳妇，大概是小孩的妈妈，手拿着锅铲从厨房里出来，对我笑笑说："不要紧，他自己会吐出来。"说完，又回去忙着做饭了。

这时，小女孩从小树林里跑过来，手里捧着一把鲜红的野草莓和一束五颜六色的野菊花。她跑到弟弟面前，把野草莓放到他手里，男孩不哭了，小舌头不停地把嘴里的土往外推，每推出一点，姐姐就给他擦去一点，擦完，男孩就迫不及待地把野草莓往嘴里塞。我走到厨房门口，问小孩的妈妈："大嫂，那么小的孩子，没大人跟着，你能放心吗？"她笑笑说："没事，他们自己会玩。"正说着，传来姐弟俩甜甜的笑声。我转脸一看，小女孩正在给弟弟照镜子，他俩都戴了一头野菊花编的花串，五颜六色，煞是好看。接着，小女孩把弟弟抱到小推车上，推着他向小树林走去，边走边向我笑笑，我忍不住也跟着她往那边走去……

那天，我们在小树林里把野草莓吃了个够，还采了好多野花，小女孩编了花环、花链、花发卡，我们玩得很开心。

再次见到小女孩的时候，已是秋天，她正吃力地提着一只装满水的小塑料桶，歪歪斜斜地往家走。我连忙紧走两步，接过她手里的桶。她认出了我，扬起累得通红的小脸，冲我感激地一笑。我问她：

"你那么小，提那么多水不累吗？你妈妈呢？"

"妈妈带弟弟去姥姥家了，家里水管没水了，爸爸回来没水喝。"

多么懂事的孩子！我不由得在心里赞叹。

到她家了，我把水放下，小女孩盯着我问："姑姑，你明天还从这里过，行吗？"

我点点头动情地说:“行!”

她高兴起来,说:“明天我带你去摘野菊花,东边的山沟里可多了,什么颜色的都有。那次,我给你编了个菊花发卡,可是你好几天都没来,花都蔫了。”说着,她清澈的大眼睛里竟流露出几分伤感。我仿佛看见那几天,她手拿菊花发卡站在路边等我的情形。也许那个发卡是简单粗糙的,但那是一个三岁孩子用心编织的,那是一颗透明如水晶的童心,它凝结着一个孩子对一个路人最纯真的友情和信任。

我由衷地被小女孩感动了。三岁孩子的心该有多大?可它竟装下了对生活的热爱和对他人的关爱;三岁孩子的心能承受多少世事?可它却知道用自己稚嫩的双肩为父母分担生活的重担。我钦佩一个三岁的孩子竟有如此的生存能力和生活能力。我不由得蹲下来,爱怜地搂住她,在她童稚、真纯、善良的脸颊上深深地吻了一下。

大路口的学校门前,密密地站满了接学生放学的家长们。望子成龙的家长们对孩子呵护备至,有求必应。可是孩子们感到幸福了吗?为什么有的孩子动不动就发脾气,总是不满足不顺心?对于今后他们能否走好人生的每一步,担负起应尽的责任,我隐隐地有几分担忧。

宽阔平坦的大道上,车水马龙,人群熙熙攘攘。可是,我还是喜欢走那条颠簸的乡村小路,喜欢那个枯萎了的菊花发卡。

阿姨，您在哪里

那一年，我十九岁，被分配到乡镇中学任英语教师。因路远，父母为我买了一辆小摩托车。刚学会骑，我就赶忙去市里的交通管理部门办理车牌照。

办理车牌照要经过好几道手续，当时来办理这项业务的人很多，每个人需排好几次队。服务厅里人挤人，身贴身。为避免有人加塞，排在后面的人的前胸要紧紧贴着前面人的背。如果后面是异性的话，肯定不会让人很舒服的。尽管我的脊背没有被人紧贴的感觉，但我还是下意识地回头看了看排在我后面的人。当我回头看见排在我后面的是一位中年妇女时，暗自松了一口气。这位妇女看上去中等身材，白净的面庞很端庄。见我回头，她也冲我微微一笑。虽然彼此没说话，我感到她漂亮的眼睛里充满了友善。就这样，每排一次队，她总在我后面，这让我心里始终很舒畅。

终于，我们都办完了所有的手续，装上了牌照。这时，天已经黑了，又正值下班高峰，路上人流、车流熙来攘往，非常拥挤，我暗自担心，我这驾车技术走这样的路能行吗？再说过了闹市区，还要经过一段车少人稀的郊区无灯公路，路上能安全吗？唉！无论如何，我只能硬着头皮往前走了。

毕竟是第一次骑摩托车上路，我心里很紧张，犹疑地发动了车子，靠路边慢慢地开着。没走多远，那位中年妇女就从后面赶了上来，路过我身边时，看了我一眼。她驾车技术很熟练，在车多路窄的小路上，左躲右闪，游刃有余。她很快就驰到了前面，在拐弯处，远远地向后看了一眼，放慢了速度。不知怎的，我感觉她看的是我。过马路时，我已跟上了她，她又向我看了一眼，我便紧跟她一块过了马路。就这样，我跟着这位中年妇女，在车来车往中穿行，躲车让道，加速减速，红停绿行。尽管一路车满人挤，但我紧随她身边，心里踏实很多。

我们顺利地过了闹市区，她放慢了速度，我也放慢了速度想与她打个招呼，但她见我向郊区方向走，又慢慢地跟了过来，轻轻地对我说："走吧。"

我喜出望外，原来她与我同路！一高兴，便甜甜地叫了声"阿姨"。这是我俩一天来第一次说话，也是唯一的一次对话。

天色完全黑下来了，市郊的无灯公路上根本看不清路面，我们靠着车灯绕过路面上的坑坑洼洼和路旁堆放的土堆。路的两边是黑乎乎的玉米地，此时，玉米已长到了一人多高。这让我想起两年前，我与一位女同学因没赶上末班车而徒步走这条路时那紧张和恐惧的感觉。我们不敢往两边看，生怕玉米地里钻出个东西来……而此时，有阿姨在我身旁，有两束摩托车灯的光亮，我心里感到安全多了。

我们在这不很平坦的路上颠簸着，谁也不说话。快到家的时候，父亲来迎我了。阿姨见状，慢慢地调转车头，默默地向来的方向驰去。我愣住了——原来，她与我不是同路；原来，是阿姨不放心我的骑车技术，也不放心我一个人走黑路而专门护送我！

过后，父亲向我问起了这位阿姨的姓名，我茫然了。我对她真的一无所知，她对我也一定毫无了解。

一晃多少年过去了，郊区公路早已安上了路灯，夜晚走路再也不用害怕了。可是我常常想起那位陌生的阿姨,在无灯的夜路上默默伴我前行的那种安全感和宽松感。每每回味这种感觉,内心都会涌起深深的感激和思念之情。

哦,阿姨,您在哪里?我衷心地祝您一生平安!

青春剪影

走上工作岗位八年后，第一次回到母校，眼前的一切已变得似曾相识。也许母校看我也是这种感觉吧。八年了，我被生活历练得成熟了许多，而母校似乎变得更加年轻，到处一副生机勃勃的景象。许多熟悉的东西消失了，低矮的平房，碧绿的菜地，还有那片我最心爱的杨树林，统统没有了，取而代之的是高大气派的教学楼和学生公寓。校园里晃动的一张张面孔年轻，富有朝气，然而却是陌生的。我的心里空落落的，总觉得失去了什么。

关于希望、憧憬、理想、抱负、友谊、爱情……关于青春的迷惘，躁动的心事，虚掷的热情，幼稚的冲动……一切一切都在这里留下了记忆。那些校园小径上的漫步，寝室熄灯后的夜话，树林里黎明前的晨读，淡而无味的大锅饭……喧闹声还隐隐可闻，来不及思索，来不及评论，那花样的年华便如行云流水般逝去，来也匆匆，去也匆匆。但是，纵然经历一次次挣扎，一次次蜕变，而在蓦然回首的痛楚里，亭亭出现的仍是那段恬淡如风的华年。

成长的印迹

记得毕业前夕的夜晚，我们默默地围坐在黑暗里，谁也没有睡意。窗外，大雨滂沱，一如我们的心，湿漉漉的。临别前的依依惜别，更多的还是即将踏上社会的忐忑不安和对未知前途的茫然忧虑。许久，不知是谁提了个“矫情”的建议说，我们去淋雨吧，竟然全体响应。于是，手拉手奔到了雨地里，在倾盆的大雨里，在没踝的积水里，我们放肆地你追我赶，大喊大笑，故意把积水溅得老高，把自己和彼此弄得很湿。毕业，我们有太多的感情需要宣泄，有太多的心事需要倾诉，可是，我们无话可说。突然，老六停了下来，表情复杂的脸上，分不清是雨水还是泪水。一瞬间，其余五个人也都呆住了。片刻，一首首歌脱口而出，《离歌》《送别》《真心英雄》，甚至《二十年后再相会》……不管什么歌，只要想到就大声唱出来，长歌当哭，青春的激情，没有太多的顾虑，也不需要刻意遮掩。不知什么时候，身后宿舍楼的窗口里，出现了许多年轻的面孔，越来越多的声音加入我们的歌声中……

那一夜，我们彻夜无眠。

八年以后的今天，我独自回到当年我们住过的宿舍楼，在楼下徘徊了许久。宿舍楼已粉刷一新，楼前的小树粗了好几圈，枝叶繁茂，眼前的一切变得似曾相识，仿佛在提醒我，我已不属于这里，这里的一切也已不属于我。羽翼丰满的小鹰一旦放飞，让它冲向广阔的蓝天，便不可能再收回来。

不过我还是找到了当年那棵小树，现在它已经成长为一棵年轻的树。我踮起脚尖，使劲昂着头才找到了树身上刻着的那颗心，心的中间写着 209，这是我们宿舍的门牌号。那晚，我们六个人喊过笑过哭过唱过后，便在这棵小树上刻下了这些，并相约二十年后再在这棵树下相聚。现在当年那六个多愁善感不谙世事的少女有三个已为人妻，其中两个已为人母，还有一个已永远不可能兑现她当年的诺言了。生活的锉刀已经将我们打磨得面目全非，但这成长的印迹，还有那恬淡如风的往事，连同寄向天国的一份思念，清晰地印在我们的心底，凝成一首未央的歌，吟唱在过去，回响在未来，萦绕在心底，挥之不去……

露天电影

周末，泡上一杯好茶，把自己舒舒服服地放在沙发上，悠闲地独享着音色俱佳的家庭影院，不知怎的突然觉得有点索然无味，不由得想起了学校的露天电影。

那时每个周末晚上七点，学校都会在食堂南面的空地上放映露天电影。不到六点半，就陆陆续续地有人来占位置，大多是男生，拎着板凳，先占住两个位置，却不坐，只是频频朝来路上张望。不一会儿，便有俏丽的身影施施然而来，张望的人赶快举起胳膊，招手示意，等人到近前，二人相视一笑，双双坐下，电影刚好开始。来晚的人自觉地站在后面，或干脆在最前面席地而坐。春秋天是最好的，天为幕，星作灯，地为席，轻拂的晚风中夹着若有若无的松树的清香。到了冬天，就得裹着棉大衣，有的男生甚至披着棉被，一边看一边不停地跺着脚。若是夏天，就得人手一把扇子，一是扇凉，二是驱蚊。有时电影看得太投入，忘了扇，直到电影散场后才觉得两腿奇痒难忍，低头一看，两腿上竟累累隆起，像中午刚吃的玉米棒子。即使这样，许多人仍然乐此不疲——难得有那么多人聚在一起，为同一件事、同一个人或欢笑，或流泪，或悲愤，或紧张……电影中的故事情节、人物命运牵动着几百人的心弦，电影传递出的情绪，在几百人的感情温室中产生共鸣，成倍地发酵，形成了极具感染力的磁场，每一个在场的人都禁不住这种感染力，何况都是二十岁左右，正当感情丰富而敏感的性情阶段。不用考虑自己的形象，不用顾忌会被谁笑话，将心底的情绪酣畅淋漓地发挥出来，想哭就哭得一塌糊涂，想笑就笑得前仰后合。往往看完一场电影，就像自己在电影制造的环境中生活了一回似的。

现在看电影时，心中仍会有小小的感动。当心中的梦与现实格格不入时，就融入虚幻的电影，电影就是现实中的梦。当一个人不想做梦时，那也许就意味着他直面人生的风风雨雨。

看　山

学校后面就是连绵起伏的山岭。课余，我们总喜欢约三两好友，健步如飞，直奔山顶。虽然山并不很高，但居高望远，意气风发，放声高歌，自以为做龙吟虎啸状，其实也就是鬼哭狼嚎，只是将一腔躁动的激情尽情倾泻出来，顿觉心平气和，神清气爽。站在山顶，山下景物尽收眼底，幻想“运筹帷幄之中，决胜千里之外”的境界，只觉天地尽在掌握。少年轻狂，指点江山，挥斥方遒，唯恨天低。

如今哪怕登上再高的山，面对茫茫云海，俯视众山小，却再也无法喊出自己的声音，压抑太久的声音已不习惯如此放肆地从喉咙里释放出来。我所能做的也许只是独自坐在山顶，任流云变幻，山风过耳，只是静静地看山，看云，听水，听风，无言。

花开时节

又是马缨花开的时节，丝状的花瓣，密密匝匝，层层叠叠，静静的林荫小道笼上了一层半透明的粉红色的轻雾。一缕若有若无的清香，在手捧书本的年轻学子的发间、衣底游走。树下，一个女孩背倚着树，头低着，男孩傻傻地站在旁边，手足无措的样子，两人在悄声谈论着什么。微风拂过，不时地有花瓣从树上飘落，有几片花瓣落在了女孩的肩上。男孩大概想帮女孩拂掉花瓣，伸出手，又犹豫了一下。女孩看了男孩一眼，脸上飞起一抹红霞，头垂得更低了……我看呆了，那，是我和你吗？

分手的那一天，你捡起一片马缨花的叶子，那叶子像一根绿色的羽毛。你用手指轻轻一捋，许多小小的椭圆形的叶子在指间堆成一朵绿色的玫瑰。你的手指一松，玫瑰凋谢了，叶片纷纷洒落，轻飘飘的，落在我的心上，好重。

初恋的爱情，敏感而又执着，甜蜜中带点青涩，如初放的马缨花，朦朦胧胧，欲语还羞，在花开的季节里，摇曳生姿。初恋，是美好的，可稚嫩的双肩还无法担负起生活的责任，年轻的心还未做好对未来婚姻的准备。现实，爱情不能承受之重。于是，我们学会了举重若轻，我们轻轻地挥一挥手，一切都随风而去了，只留一份浅浅的牵挂在心中，就像你送我的那朵马缨花，我把它随手夹进了书本，过后就忘了。很久以后，我偶然翻开那本书，发现那朵花虽然干了，却依然美丽，散发出一缕淡淡的苦香。

初恋，其实我们不懂爱情。

黄昏中的灯光

学校位于郊外，周围是一望无际的田野和果园，站在教学楼的阳台上，视野非常开阔，可以望见天边的地平线。我常常在黄昏日落时分，独自伫立在阳台上，久久地凝望着这片神奇的土地。

金色的夕阳渐渐隐去，天边的晚霞由明亮转向一种透明的黛蓝。炊烟袅袅地升起来了，偶尔，远处村落里传来几声狗叫，空气中弥漫着泥土的清香混合着烧麦秸的气味，大概这就是人间烟火的味道吧。星星出来了，地上也亮起了一盏盏灯，闪烁着橘红色的灯光，每一盏灯代表着一个家庭，那灯光似乎也浸润着亲情的温馨。三三两两的农民荷着锄头走在回家的田埂上，小女孩用清脆的嗓音吆喝着她的羊群……每个人都在往家赶，家里有热气腾腾的饭菜，有温暖的被窝，有母亲慈祥的唠叨，有妻儿亲切的笑脸。可在外求学的我，只能用心去体会家的味道。

远方也有一盏属于我的灯，灯光下，白发母亲正等待着她的孩子早日回来。可我还要走我的路，太阳总要落山的，而路总是走不完。我看不到世界的尽头，因为视野总像两扇关不紧的房门，门外的风景精彩无限，让我沉醉。前途是一条地平线，逗引着我，我在不断的追逐中渐渐远离了自己的家。但在心中，永远有一盏灯，那是母亲为我点亮的，当我感到寒冷和孤独的时候，这盏灯会温暖我、鼓舞我，陪我继续走好今后的路。

时光剪影

老 屋

沿着熟悉的小巷，踏着铺满落叶的青石板小路，我来到了老屋门前。这是我家祖传的老屋，在这里，我度过了我的童年。多少年的风风雨雨，使黑漆大门斑驳不堪，墙身有了几道深深的裂痕，像一个高龄老婆婆撇着没牙的嘴。几蓬衰草在墙头上摇头晃脑，点着墙边那棵耄耋老槐佝偻的背。

我登上已断作几截的台阶，费了好半天劲才打开长满铜锈的大锁，用力一推，两扇厚重的门板发出一声沉闷的叹息闪向两旁，一股似曾熟悉的气息夹杂着浓重的霉味扑面而来。借着昏暗的光线，我看到的是厚厚的积尘和蛛网。那套精美的橱桌红漆已剥落，描金花纹也失去美丽的光泽，但它仍然沉思着站在醒目的位置，显示着已颓落的唯我独尊的地位。历史仿佛在这里凝固，而我就站在逝去的岁月里，站在失落的记忆中……

石 磨

老屋的院子里有一台石磨。听老人们讲，老屋还是簇新的时候，就有了这台石磨。长年的辛苦劳作磨平了它原有的棱角，摸上去有凸凹感，且闪着石质特有的细腻的暗光。多少年来，总有一双圆活有力的手，推着它悠悠地转着，发出缓缓的隆隆声，像在吟唱着一首古老的歌谣。

当皱纹爬满了那双推磨的手，另一双年轻红润的手便会接替他，继续推着石磨一圈一圈不停地走呀，走呀，不知走了多少路，却始终走不出那个以石磨为中心的圆。就这样，古老的歌谣不间断地吟唱了一代又一代，把推磨人的青春、精力融进了雪白的豆浆，从磨盘源源不断地流出，滋养着下一代。

终于有一天，古老的歌谣戛然而止，取而代之的是电磨欢快的马达声。石磨默默地蹲在墙脚，无限留恋却又无可奈何地望着这个曾经以它为中心的院落。不久，人们便把它完全忘却了。只是偶尔有一双苍老嶙峋的手轻轻地拭一下落满灰尘的石面。

父亲的爱

从我记事起，就和父亲交流很少。他回答我的问题，总是用最简洁的语言表达，有时近于冷漠。

小时候，当我不小心摔倒大哭时，总是妈妈跑过来扶起我，而父亲却挥挥手让母亲走开，严肃地对我说：自己摔倒要自己爬起来。

夏天，我跟父亲到河里学游泳，他带了我一会儿后，告诉我是该松手的时候了，不由分说丢开我，自己游上岸，任凭我在河里拼命挣扎大呼“救命”，他竟站在岸上朝我笑。我气极了，决心游出个样子给他看。我努力按照他交给我的游泳要领，尽量不让自己往下沉，竟然歪歪扭扭上了岸。我又气又累，整整一天都没有理睬他。可从那时起，我学会了游泳。

有时我生病需要一味连药房都没有的稀有中药，父亲不像母亲那样整日陪在我身边，那几天他天天风尘仆仆在外面跑，终于带回一个捆扎得严严实实的小纸包，交给母亲，然后径自忙他自己的事去了。服了他抓的药后，我的病很快就好了。

我曾经问母亲，为什么父亲总对我那么冷淡，母亲笑着说：傻孩子，他已经把他所有的爱都给了你。

真的吗，我怎么没有觉察到呢？

槐花飘香

明天，父亲又要去山里了，我知道，那里是他的老家，那里还有一位看山老爷爷。考虑到父亲近年身体状况不太好，我决定随他一道进山。

骑车近两个小时，下了水泥公路，就感到眼前一片开阔。天好高好远，树好多好绿，湖水好清好静，倒映着沿湖的村舍、树木和天上飘动的白云。山里特有的树木花草和麦苗的清香扑面而来。没有城市里车水马龙的喧嚣，只偶尔听到一两声犬吠。远处黛色的山坡上，有一群雪白的山羊，一个穿红衣服的小女孩拖着长长的嗓音，吆喝着她的羊群，像唱着一支悠扬的牧羊曲。

在弯弯曲曲的田间土道上走了一会儿，来到了一条河边。父亲说，过了河，对面的山坡上，就是老爷爷的家了。隔河望去，是连绵起伏的群山，老爷爷住的这座山，是一片浓绿，山上长满了大大小小茂密的槐树。此时，正是槐花盛开的时节，满山的槐花如云似雪，随着风的吹动，时而跃出遮掩它们的绿叶，喷珠撒玉，扬起浓浓的花香；时而拽起一抹翠绿，上下摇曳，旋起一阵狂舞。

眼下这条河，在山里来说，算得上是一条大河，河面宽且深。春季河里水少，河里的石头裸露出来。这些石头千奇百怪，大的如房如车，小的如卵如珠，形状像刀像斧，像人像兽。石头们你拥我挤，你压我砸，你争我抢，张牙舞爪，排山就势，横冲直下，大有气吞万物之势。近看，这些石头全是五彩石，红绿黄蓝橙，各种颜色的石头在阳光下斑驳闪烁。若仔细看，还能找到动植物的化石。这一切早已定格成历史，它告诉后人，这里曾经历过丛林茂密，植被破坏，山洪暴发，田毁人亡，荒凉死寂……如今，这里成了山体上的一道疤痕，也成了一道风景。

上山的路越来越窄，越来越陡，山槐越来越密，串串碎玉般的槐花碰头抚脸，举手可触。时而，父亲驻足愣愣地看着槐花发呆。我知道父亲对槐花情有独钟，他总是称槐花为“槐米”。听说三年困难时期，槐米窝头曾救过父亲的命。感慨间，我忍不住伸手欲摘，被父亲制止了。接着就听到了远远的狗叫声，顺着犬声，我看到了山腰上的草屋、篱笆小院在一簇浓绿中时隐时现。父亲指着那里说，快到了。

走过一条梯田间的小道，穿过一片桃园，篱笆小院便呈现在眼前，一条牛犊般的狼狗龇着牙向我们狂吠，我吓慌了，拔腿想跑，却见父亲从从容容地走近它，镇定地站在篱笆外，向着狗友好地一笑，狗只叫不咬。一位老人快步从屋里出来，看见我们爷俩，眼底泛起一丝笑意，淡淡地招呼了一声“来了”。那狗便不叫了，在我俩身边闻了闻，摇摇尾巴表示友好和接纳。老爷爷说了声进来吧，就转身去烧火煮茶。我们把带给老爷爷的日用品放下，过去帮老爷爷烧火。

老爷爷九十多岁了，可看起来一点也不显老。他耳不聋，眼不花，背不驼，走路还满带劲。他烧好一大锅水，对我们说：“屋里有煎饼、干果。”说完，就出了门。我们喝了水，准备上山。我提醒爸爸锁门，爸爸说老爷爷从不锁门，他家的东西不怕偷，来人可以随便吃他家的饭，喝他烧的水，但从没有人偷他的东西。老爷爷乐意有人在他家吃喝，每天出门前都烧好一锅开水放着。

说着，来到了房后的山坡上，这里有一片很大的槐林，比别处更高更粗，花穗又大又白，铺天盖地，密密匝匝。林子中间有座坟，坟前有供品，老爷爷在坟前自言自语，全不管家里客人的去留。爸爸说，坟里埋的是老爷爷的老伴儿，他每天都要到坟前和老伴儿、大山聊天。

山上非常幽静，耳边不时有种种好听的鸟叫声，分辨一下，好像有喜鹊、布谷、百灵、山雀……忽而有野兔从草丛里窜过，时而有山鸡拖着美丽的长翎从树林里飞起。林子更密了，藤与树相缠相绕，把树间的空隙堵得密密实实。牵牛花、蝴蝶兰、蒲公英、山菊花把草地点缀得花团锦簇。空气湿润，伸手能攥出水来。父亲说这山上有千余种药材，每年城里都会有人来收购。蓦地，不远处的坟岗里传来猫头鹰的叫声，我的心一紧，随即想到了狼。父亲说有老爷爷在不用怕。老爷爷有飞刀、飞梭、飞石的本领，他的狗隔得很远就能闻到野兽的气味。狼怕老爷爷，也怕老爷爷的狗，已经多年不敢来了。

我说老爷爷是位传奇人物，父亲说老爷爷是最普通、最自然、最本真的人；我说老爷爷有点冷、有点怪，父亲说老爷爷的心最热，老爷爷的情最浓，老爷爷的性情最平和。接着，他给我讲起了老爷爷的故事：

“那年，我十岁，地里的野菜都被人挖光了，面黄肌瘦的我，看见爷爷的槐树林里还有一点残叶，就不顾一切地爬上树，不小心踩断了树枝，从树上摔了下来。我以为这下完了，谁想到那么凑巧，正好被刚刚赶到树下的爷爷接住。可是摘了他的槐叶，还踩断了树枝，在那个年代，这可是人们活命的口粮啊，何况这还是一个爱树如命的怪老人。我想爷爷一定会狠狠地教训我一顿的，连饿带吓，抖成一团。意外的是爷爷没有发火，而是把我抱进屋，拿出一个槐花窝头给我吃。后来，我知道那窝头是爷爷家仅有的一点口粮，是他饿死才两天的老伴儿留给他的。他的老伴儿是他两年前在槐树下用一个槐花窝头救活的一个讨饭的寡妇，寡妇吃了窝头，恢复了力气，却留了下来。两年间，她跟他一起栽下了这片槐林，一起抵挡过砍向槐林的斧头。青黄不接时，她跟他每天烧上一锅槐米粥，接济饥饿的乡亲……她死后，爷爷就把她埋在槐林里每天陪伴她。后来，人们不再砍树；后来，人们上山栽树；后来，人们给爷爷送来吃的、用的……”

父亲说着老爷爷的故事，不觉来到了山崖下。这里除了槐树，还有许多松柏树，地上铺了一层厚厚的、软软的松叶。正当我们热汗涔涔、口干舌燥的时候，忽听见潺潺的水声，循声望去，见一股山泉从峭壁的石缝间涌出。我急忙扑过去，掬起一捧一饮而尽，泉水甘洌清凉，直沁肺腑，浊气顿消。细看这流泉，一路花遮草盖，经过老爷爷的小院、麦地、果园、农舍，流向水库、河湖。所经之处，林木葱郁，人欢马壮。我痴痴地望着这一切，有一种在母亲怀里的感觉。亘古以来，大山用自己的乳汁哺育着万物生灵，万物生灵把母亲装扮得分外多姿，大山是万物生灵的原生母亲。

我索性在铺着厚厚松叶的石缝间躺下。天很蓝很蓝，白云悠悠地变换着形状，从松叶间筛下的阳光暖暖地照着，空气中弥漫着清新的松香味。正当我陶醉时，忽然发现不远处的石洞里有许多蜜蜂进进出出，我好奇地走过去，一股甜甜的蜂蜜味从里面飘出。我忍不住把手伸进去，顿时觉得手背被蜇了一下，疼得我失声大叫。父亲忙过来帮我挤捏蜂毒，但越挤越疼，一会儿，伤处又红又肿。

老爷爷家的狗叫了起来，它大概听到了我的喊声。不一会儿工夫，老爷爷带着大黄狗急急地赶来了，他见我被蜜蜂蜇了，就在深草丛里掐了一把植物的叶子，揉搓成泥，敷在我的伤口上，边敷边说：“万物都有灵，与人安乐自安乐。”我一惊，这位看似与世隔绝的老人，竟出语不凡。他在告诉我，万物都是相依相存，相安相乐，我触犯了蜜蜂的安乐，也就是破坏了自己的安乐。他久居深山，对大自然、对人类生存的道理，对世事却心如明镜。作为大自然的一分子，他时时严格恪守着大自然的生存原则。

该吃午饭了，我们回到老爷爷的小茅屋。老爷爷从菜园里割了韭菜，摘了辣椒，又专门杀了一只鸡，再加上自己腌制的老咸菜、辣酱豆，让我胃口大开，狼吞虎咽。吃完饭，老爷爷又上山忙活去了，我的手已消肿，就在各处随意溜达。

菜园里的韭菜、菠菜、油菜，油绿油绿，泉水绕着院子静静地流着。大黄狗趴在地上，微闭着眼睛。一只母鸡咯咯哒哒地叫着从窝里跳出来，窝里多了一只热乎乎的鸡蛋。我抓了把麦粒撒在它跟前，一群毛茸茸的小鸡跟着老母鸡四处觅食。一切是那样安详、和谐，一切是那么美好。我想，这里才是人类真正的生活和精神家园。

下山的时候，我感到自己成了这里的一块石头、一滴泉水、一棵树、一株草、一缕清气……我远远地俯视着山下来路上的尘埃，都市的繁喧，竟不知自己是回家还是出走，随我而去的那缕淡淡的槐花的清香，时时牵动我的魂魄，招迷失在红尘中的我回家。

草药姨

前面那座绿的看不见山体的山坡，就是草药姨住的山泉村了。草药姨是我母亲的好朋友，比我母亲小十几岁，是几年前我母亲找她治腰腿病时认识的。因为她是种中草药的，母亲叫她草药妹，我就叫她草药姨了。

山泉村的确不负其名，远远地就能听到流泉的淙淙声，空气纯净得透明。

有十几位村妇从旁边山上下来，她们每人肩上都扛着一个装满东西的编织袋，在陆陆续续地过山下的小河。小河没有桥，她们踩着河中的石头不慌不忙，又全神贯注小心翼翼，一步一步稳稳地走着，即使踩上一块不太稳的石头，她们仍不慌不忙，上身仍能保持平衡。我突然想到泰山挑夫，她们脸上正是泰山挑夫的神情。

她们穿着不华丽，但很得体利索；她们衣服的颜色各不相同，但穿在身上很协调养眼；她们的肤色不是很白，但个个红中放光，透着劳动妇女健壮的美丽。她们不说话，每个人都只专注脚下的石头和肩上的重物。

我忽然感到她们很伟大，中国正因为有很多像她们这样全身心投入劳动，用自己的双手创造财富的人，才得以美好富强。

终于，她们都顺利地过了河，把重物放到停在不远处的货车上。我走过去摸了摸编织袋，没摸出来是什么，一位姐姐告诉我是银杏。我掀了一下编织袋，没掀动，好沉，我惊叹她们的好体力。

“你们太有劲了，你们每天都吃什么？”我赞叹地问。

“有什么吃什么，今天炓了一锅豆角，吃了两个煎饼。”一位姐姐回答我。

“你们少不了吃肉吧？”

“不天天吃，没时间做就不吃。”

有一位年纪不过三十岁大眼睛的妹妹插过来说：“劲是练出来的，天天干活，那劲就天天长，就像那泉水，越流越多。不干活，时间长了，力气也就枯竭了，即使吃得再好，也干不了重活。”

我赞同大眼睛妹妹的话。不劳动的人，气血就不能以最好的状态供给全身器官，时间长了，这些器官的功能会慢慢衰退，人体就容易出毛病。劳动创造了人，不劳动也会毁灭人。

前面快到草药姨的家了。这里山上山下整齐有序地种满了各种药材，那鲜艳夺目的是芍药，那绿里缀红的是枸杞，那茄青色的是地黄，开白花的是泽泻，那大片的绿中泛着咖啡色的是山药。山药不仅可以入药，而且是人们餐桌上的美食，常食能补肾健脾，延年益寿。近些年，山药出口量很大，仅日本、韩国，就供不应求。村民们尝到了种植草药的甜头，夜以继日地开荒山造绿林，几年的工夫，荒山变成了绿山、花果山，村民的生活普遍富裕起来。

走到大门口，我看到草药姨正在敞开大门的院子里摊煎饼，她身穿一件浅蓝色的短袖衫，那是母亲上次来送给她的。草药姨看见我们，顿时一脸的惊喜，那对漂亮的杏核眼睁得圆圆的，鸭蛋形的脸上泛着红光。草药姨虽是长在大山里，但她上过高中，灵气聪慧，勤学实干。五十岁了，体型仍很标致，皮肤光洁红润，富有弹性，透着健康的美。

草药姨的邻居见我们来，摘了许多新鲜的水果和蔬菜送来，对门的叔叔还杀了一只鸡送来，他说：“这都是无公害食品，水果可以不洗，尽管放心吃。”我知道他是草药姨的亲家。

我们吃着鲜脆香甜的水果时，草药姨就摊完了煎饼，我过去帮着收拾，草药姨问起母亲的身体，我告诉她前段时间母亲的腰又不太好，用艾灸了几天，好多了。

草药姨到地里拔了一些绞股蓝，掀起地上的热鏊子，把绞股蓝铺到还没燃尽的柴灰上，洒上一些水，随着水火接触的吱吱声，热气立即升腾起来，待吱吱声消失只剩下热气的时候，草药姨用手试了试温度，然后，让母亲躺到绞股蓝上说：“用绞股蓝溜腰很见效。”

正说着话，从山下驶来一辆黑色的轿车，从车上下来一位很有派头的男人，草药姨淡淡地看了一眼来人，不说一句话。来人在石凳上坐下，掏出烟点燃不停地抽着。许久，来人才开口：“亲子鉴定后，我知道你与亲家大哥蒙受了二十多年的误会和屈辱，我对不起你们，对不起我们的儿子。现在，我只求你跟我走，我已为你买下了一处别墅，我要补偿你们，让你们在城里不干活享清福。”

草药姨说：“过去所有的一切，我早就不在乎了，我只在乎我现在平静的劳动生活。”

来人又说：“亲家大哥亲口告诉我，他与你一直是兄妹感情，他什么时候也不会娶你。”

“你以为我是在等他娶我？你又错了！”

关于草药姨的身世，我略知一二。草药姨出生在城里，三岁时，父母到山里创业，她随父母来到了山区生活。父母种植中草药，也开了一家药材收购站，想在山区开辟药材基地。但草药姨十岁时，父母因一场车祸双双离世，父亲咽气前把药材收购站捐给了村里，把他种的草药地给了邻家大哥的父亲，并把女儿托付给他照应。邻家大爷大娘只有大哥一个儿子，比草药姨大六七岁，他们没有闺女，对草药姨比亲闺女还疼。邻家大哥初中没毕业就辍学帮父亲种地，他也很疼这位邻家妹妹，处处呵护妹妹，草药姨很依恋他。在草药姨上高中的时候，邻家大哥与本村的一位姑娘结了婚。草药姨高中毕业后，回来继承父业，二十岁时与她的一位同学结了婚。婚后生一子，儿子刚满一岁，丈夫与她离了婚。

我猜想，这来人是草药姨的前夫，听母亲说，他已来过几次了。我不便在此，就走到屋里找书看。听母亲说，草药姨有天天看书的习惯，书房四壁的空闲处都是书橱。书橱里天文、地理、农科、医药、文史等书分类存放。书桌上的一本《归燕诗集》吸引了我，我打开扉页，不由惊讶起来，那作者近照竟是草药姨！读下面的诗，我惊叹不已：

昨日的快车，
骤然间停下。
惯性中，
我与自己分离……
当带血的足迹消失后，
我惊喜地找到了，
一个全新的我。
……

这些诗，有许多在我们刊物上发过，都是自由来稿，我早就想见见这位很有哲学见地才情并茂的作者，可万万没想到，竟是草药姨！竟是位村妇！

那位有派头的男人走了，草药姨的亲家大哥来了。他告诉草药姨，说公司有涉外客户，中午不回来吃饭了。

当初的药材站早已发展成现在的药材公司了，村民大都是公司成员，草药姨精通药材，有文化，懂经营管理，且人品好，村民们都一致推举她为董事长。

中午草药姨的亲家母过来，帮我们一起做了丰盛的时令饭菜。

饭后，草药姨的儿子、儿媳和小孙子都来了，他们着装都很时尚靓丽，气质非凡，待人亲切有礼。草药姨那刚会说话的小孙子还用英语向我问好。我抱起他问英语是谁教的，他说是妈妈，妈妈是公司的翻译，还随爸爸和姥爷出国考察过呢。

我看着这位衣着时尚的翻译，忽然感到面熟，细想就是来时看到的，扛编织袋过河的十几位村妇当中，眼睛最大的那位，没想到她就是草药姨的儿媳，是邻家大哥的小女儿！她也像当董事长的婆婆一样，穿上礼服周旋八方来客，换上便装能抡锄头镐镢。

如今，他们的公司已有相当规模，公司的药材基地不仅有这里方圆百里的山区，也早就发展到了东北、云南等地。近年来，随着公司业务在国外的扩展，药材基地及中成药车间急需扩展，可资金不足，他们来与母亲商量筹集资金一事。

草药姨当即提议卖掉城里父母的遗产，资金用于发展生产。

他们走后，我悄悄对母亲说："草药姨不仅仅是大才大略，大智大勇，大格局大心胸，还是大公无私，大财若贫，以后别给她送旧衣服了。"母亲点点头又摇摇头说："旧衣服是你草药姨向我要的，说她干活磨损太快，穿旧衣服干活得劲儿。"

下午，我帮草药姨到芍药地里除草，草药姨让母亲在地里转转赶鸟。其实鸟不用赶，是草药姨想让母亲多走走，活动活动筋骨。

草药姨锄草又快又干净，铁锄在她手里轻盈得像飞舞的燕子，腿脚有节奏地配合两手飞快地向前移动，那动作美极了！舞台上舞者的美总有些虚缈，但草药姨劳动时的一举一动，都是一种贴贴切切真真实实的美，这种美，是令人感动、敬佩，是美透人心的。

不一会儿，草药姨那穿着蓝色T恤衫的身影到了地头，她取下搭在脖子上的粉色汗巾擦了把汗，又从地头的另一垅开始了飞舞。蓝天白云下，半开的粉红色芍药，簇拥着一只翩翩的落燕……

"哇！太美啦！"我看呆了。我敢说，这是一幅绝美的活画，堪称世界级精品之精品！可惜我不是画家。

草药姨锄完了这片地，已满头是汗，她看看天说："让天下点雨。"我诧异间，她已跑上了一个小山坡，对着天空唱起了山歌："啊呵呵咿吆——大山，我亲爱的母亲……"她唱的山歌我没听过，大概是她的原创。那高亢深情、悠扬滑润的长音如呼如唤，如泣如赞。我的心也随着她的歌声如潮水般此起彼伏，翻波倒浪，感动得想哭。草药姨的嗓音不仅高得惊人，音域也宽厚、清纯、富有磁性，她拉起的滑音长音，像无数个银珠欢快地撞击银铃，好听得让人心醉。她这边唱，远远近近的山谷立刻引起了连续的回响，这旋律穿透云层，像天与地在大合唱，几重唱，声势之浩大，气势之磅礴，是任何舞台上的旋律都无法比拟的。我感到神圣无比，一种宗教般的崇拜和虔敬油然而生。

不一会儿，竟真的下起了雨！草药姨也融入云雨中不见了影踪。这不是雨，是草药姨告慰父母的泪。

在我四下寻找草药姨的时候，草药姨在落雨的水坝里招呼我们过去。

这是一处天然水坝，也是村里祖辈妇女劳作后洗澡的地方。这个季节山水正旺，水坝和沟沟坎坎的水都在哗哗地外溢，形成一处处飞瀑，非常壮观。我们在清澈见底的坝池里洗去汗水和疲劳，此时也已雨过天晴，就躺在树下休息。

我没写过诗，此时，也诗兴大发：

哇！草药姨
神奇的女性。
你用涅槃重生的力量，
挤出一片生机。
你取绿色的火焰，
染旺生命的渴盼。
你用两手老茧，
实现父辈的夙愿。
……

草药姨紧紧拥抱了我……

一群村妇从山下走来，有说有笑地给草药姨打招呼，我感觉她们很眼熟，噢！想起来了，就是扛着大编织袋银杏果过河的那十几位姐妹。她们也认出了我，高兴地拉着我的手。她们也是来洗澡的。

静默了一会儿，母亲轻声问："你会与你前夫复婚吗？"

"不会！"草药姨坚定地说，"人，不能脱离劳动，我一天也不能过他给我安排的'坐享清福，无所事事'的生活。他一生追求并为之自豪的头衔，我认为毫无价值；我从事的劳动、事业，我生活的这份自由和谐与快乐，也是他无法理解的：我们没法沟通。"

"你还年轻，还得有个归宿吧？"

草药姨沉默了一会儿说："其实，有些人的一生看似完美，并不一定美好。有些人的一生看似不完美，却并非不美好。心对美的感觉不是常规能衡量的，也许不完美就是美。人们常遗憾生命中的不完美，却不知道用自由的心态去体悟、去善待、去珍惜自然的生命。"

我突然想起一句名言："真高士不拒世俗，真名家不离群民。"草药姨虽然没有高等院校的证书，但她坚持博览群书；虽然她面朝黄土，但她胸有大志；虽然她吃的是煎饼，但她想的是别人能常有肉吃。草药姨是大雅若俗，大无大有。她不追名，没有名人常说的烦恼；她不逐利，也没有逐利者的忙碌；她不求官禄，不必为官场上的争斗耗费心机；她不囤钱财，不必为守财紧心。当她看到她捐助并经营的公司为村民带来福利的时候，当她看到她们公司的药材惠及八方百姓的时候，无限的快慰自然会充实她的心头。

山后的阳光，穿透薄云映出一片亮丽的彩虹，远山近舍在这片彩虹中犹如仙境。

哦！这里才是人类身心的家园！这才是人类灵魂的归宿！

陪护散记

城西医院

多少年来，我最怕去医院。我怕医院挂号、划价、缴费、检查……那长长的排队；我怕走廊里满满的呻吟的病人；我怕走道上熙来攘往，常常碰撞的人流；我怕医患关系激发时那不堪的场景；我更怕有些大夫的冷脸敷衍；我还怕我口袋里不多的辛苦钱流得太快……

可最近，年已古稀的母亲因诸多老年疾病住进了医院，我是她的独生女，不容分说，我必须请假陪护母亲。

这是一家新建的三甲中医分院，二十多层高的楼坐落在城西的一座山坡上。环境很好，对面的山上桃花烂漫，美不胜收。院子很大，有序地种满了好多草药花卉，花间有长廊、亭子、木凳，供病人游玩休息。我给母亲办了住院手续后，陪母亲乘电梯去病房。病房在十七层，刚下电梯，一位三十多岁的护士迎上来，笑眯眯地对我母亲说："大姨，这里地滑，刚擦过，我扶您老去病房。"

咦，这护士的态度，让我惊疑——有那么好的护士？同时也感到舒心。

这十七层是老年病房，母亲住的这间病房有三个床位，母亲住中间的床位。休息了一会儿，护士指着雪白墙壁上的几个按钮，逐个对我们介绍了功能、使用方法和注意事项以及应注意的卫生要求，临走时告诉我们说，一会儿医生就来，让大姨把病情向医生仔细说说。

护士走后，我仔细看了房间，房间很干净，整洁。床位都是拉合式围帘，特殊情况，可以拉上，就是个人空间。南墙上，一个干净明亮的大窗户占整个墙壁的一多半，采光非常好。房间里还有厕所，厕所里有排气扇，洗手池，毛巾钩。房间还有六个壁橱，病人的衣物全可以放进壁橱里。床尾的墙壁上，是一台大彩电，白天把床头摇起来半躺着看电视，非常舒服。房间里还有三个折叠躺坐两用椅，供陪护使用。

医生来了，是一位四十多岁的中年妇女，姓张，中上等个头，鸭蛋形的脸上鼻梁挺拔，口唇棱角分明，烫过的头发盘在脑后，被规整地卡在工作帽里，显得既美丽又很干练。她温和地询问了母亲的病情，号了脉，看了舌苔，摸着母亲的手说："这位大姨身体寒气太重。"又问我母亲："大姨除了胸闷，腰腿疼，经常拉肚子外，还怕冷，肠胃不适，不拉肚子时也是溏便吗？"母亲点点头。

"先做个心电图，调理调理脾胃肾寒症，去去寒湿再看看吧。"说完，开了方子。

接下来就是吃药、打针、艾灸。我母亲的腰和肚子怕冷不敢掀开衣服针灸按摩烤电，护士们就给母亲在腰、腿、肚子上塞上一个红外艾灸包。渐渐地，母亲的腰腿肠胃不适都有好转，胸也没那么闷了。母亲敢吃东西了，身上也有劲了，能自己下楼出去吃饭了，但开始便秘了，每次大便都要很长时间。

张医生来了，对我母亲用商量的口气说："大姨，您老肠道不好也有二十多年了，做个肠镜看看到底是什么毛病，有病也好早发现对症早治疗。"

"我怕疼。"母亲紧张地说。

"有无痛检查。"

“我怕打上麻药醒不来了。”

医生笑了笑说:“我们医院做肠镜还从没出过问题。其实,有痛检查也不是太疼,我做过,比生孩子时的疼差远了。您老如果真不想做,也行,那就再观察一段时间吧。”

有一天夜间,母亲突然又肚疼腹泻,汗珠子一滴滴地往下掉。

值班医生来了,是一位年轻的男医生。听说我母亲已在厕所蹲了近半个小时了,忙招呼我母亲解完快出来。母亲手发抖,腿发软,脸色煞白。医生见状帮着我把母亲架到床上,让护士用红外艾灸暖垫给母亲护上肚脐,倒上水让母亲服了药,温和地向我母亲说:“大姨,您老体弱,不能在厕所久蹲。您老可以解完一次,赶紧出来歇一会儿,再内急,再去。您这样蹲久了又疼痛难忍,身体撑不住,会导致休克。”

医生又坐了一会儿,让母亲喝了点热水,见母亲症状缓解,又叮嘱了几句才离开。

母亲又上了一次厕所,就稳定了。

医生走后,母亲对我说:“我这病吃了多少药,打了多少针也没除根,也不知是怎么回事,做个肠镜吧。”

“您能受得了吗?”我担心母亲体弱受不了。

“我肚子疼时,与生孩子时的疼差不多,做肠镜还疼不过生孩子,我经常肚子疼都能受得了,做一次肠镜还能受不了吗?”

我迟疑着说:“试试看也行,到时看情况,受不了赶紧让他们停。”

天一亮,张医生来了,她听了值班医生对母亲病情的述说后,过来了解详细情况。她对母亲头天的吃食,肚疼的时间,大便的颜色、形状、次数、疼痛的程度及现在的感觉等做了耐心细致的询问。然后,安顿了母亲,起身要走。母亲连忙拉住了医生问:“张医生,我肠壁上有伤，肠镜那个铁家伙，进到肠道里，撞到伤口上，会不会使伤口更厉害？”

张医生笑了笑说：“不会，那探头也不是铁家伙。它像小姑娘温柔的小手指头，又像一双明亮的眼睛，它进到肠道里，肠壁上的一切都看得清清楚楚。它能提前看到肠壁的拐弯处，及时弯曲，随着肠道的拐弯而拐弯，绝不会顶撞和伤害肠道。”

母亲舒了一口气说：“我明白了，我明天做肠镜吧。”

“您老人家不怕疼了？”

“下定决心，不怕牺牲。”

张医生哈哈大笑说：“没想到大姨还挺勇敢挺幽默的！”

“孩子都生过了，要死要活的肚子疼也屡见不鲜，还怕这小小的肠镜吗?！就算我犯一次肚子疼吧。查个清楚，医生治疗也有的放矢，避免走弯路，我也心里踏实。”

“大姨想开了，大姨不简单！说话有水平！”张医生高兴地直竖大拇指。

其实母亲也是退休公职人员，遇事不会想不开放不下。

一会儿，张医生又来了，手里拿着肠镜仪器和模型对母亲说：“看，这个肠镜仪器比肠管细多了吧！头上是圆形镜片，很光滑，再涂上点肠道润滑油，它在肠道里滑行自如，见弯就拐，不会顶到肠壁，只会把它在肠壁上看到的一切传送到电脑上，工作人员再把病灶打印下来，供研究诊疗。”

这下，母亲放心了，对最让她担心的问题释然了。

“可是，我还有个要求。”母亲见医生很高兴也很耐心，就把脸凑近医生问，“闺女，做肠镜的医生是男的还是女的？做的时候要不要脱裤子？”

张医生又笑了笑说："做肠镜的医生，有男的也有女的，您老人家做肠镜，我会特意去关照一下，让女医生做。裤子也不要全脱，褪下一点就行。"

母亲彻底打消了顾虑。

有人在叫张医生，母亲歉疚地说："你看我耽误你那么多时间，真对不起了。"

"大姨，在做肠镜前，帮助病人做好身体和精神上的准备，是我们医护人员的职责，您老人家不必客气。"张医生边说边向隔壁病房走去。

第二天上午，母亲开始了清肠，下午，母亲顺利地做完了肠镜，是溃疡性结肠炎。当得知这一结果后，张医生盯了我和我妈一会儿，我知道这个病是沉疴，不好治，时间长了还会转成肠癌。母亲却不以为然，她说："既然病已来，害怕也没用，就尽力治疗吧，治到哪步算哪步，活到哪天算哪天。"母亲很能想得开。

张医生说了几个治疗方案，最后，征求我母亲的同意，采用了中西医结合，配合灌肠疗法。

傍晚，母亲和两边床上的病人及陪护都休息了，我关了电视和灯，也躺下来，房间里很静，走廊上也没了声音，只有护士有时进来看看，我感觉很温馨、踏实。

孝　女

母亲住院十几天了，两边床位的病友换了一茬又一茬，每一位病友都留下了一个故事。

今天上午，一床新来了一位七十多岁的肾病晚期患者，老太太个子稍高，瘦瘦的，瘦长的脸上布满了皱纹。来时是由她的女儿和女婿架进来的。女儿中等个头，三十岁左右，不如母亲高，但很壮实，红扑扑的圆脸始终呈现着对母亲的关爱，她在一家物业公司工作，母亲住院，她请了假专门伺候。女婿也是中等个头，长得很方正、憨厚。老人挂上吊瓶后，女儿催他去工地安排安排，听他们说话，他大概在一家建筑工地担任要职，不好请假。中午，女婿拿来了饭菜和一些生活用具，娘仨一块吃完，女婿收拾了碗筷就走了。

午睡醒来，我听见老人“啊啊”的叫声，她总是不太安静，已经说不清话了，总是爱发出“啊啊”的声音。女儿坐在床上正给她做腿部按摩，边按边说：“舒服吧？按按腿，腿长劲，出院带你去桂林。”像是回应母亲的“啊啊”。见母亲高兴，她又唱起了儿歌：“咪咪猫，上高跷，上不好，跌一脚，石榴骨朵结樱桃。”母亲笑了，笑得很开心。女儿高兴地又唱：“宝宝睡了，娘砸碓了。宝宝醒了，娘碾米了……”

她唱着停顿了一下对母亲说：“这都是我们小时候您常唱给我们的歌，听着就舒服。”

老人停止了“啊啊”，安静地笑着。可能是想起了抚养孩子时的艰难和快乐吧，抑或为自己的孩子如今都长大成人、成家立业了而感到欣慰吧。我看到老人笑起来也很美丽动人。

见母亲高兴，她又唱：“小老鼠，上灯台，偷油喝，下不来……”看得出，她是在用母亲疼爱孩子的感情疼爱着母亲。唱着唱着，声音有些呜咽了，随即，有泪滴落在正为母亲按摩的手背上。而她又想起了什么呢？

我们开始吃水果了，我拿起一个最大的火龙果剥皮。

老人向我看过来，她女儿也向我看过来。她女儿又看看正看向我的母亲，脸上有些泛红。她停了片刻，终于慢慢下了床，红着脸走向我，难为情地说："给……给我母亲一……一小块水果行吗？"

其实，这个正剥着的火龙果就是准备给她们吃的，虽然相互还没说过一句话，但住同一个病房理应互相照应。

况且我知道她母亲身边不能离人，她想出去买东西也走不开。

我很高兴地把火龙果给了她。她说火龙果太大母亲吃不了。我说是给你俩吃的。

她用勺子一勺一勺地挖着喂给母亲吃，留了一半自己也没舍得吃，晚上又喂给了母亲。

我不由得敬佩这位女儿。我想，母亲为孩子去乞讨去下跪，屡见不鲜，而年轻腼腆的女儿为母亲能吃上一口水果，竟也敢向一个陌生人张口讨要，这需要多大的勇气去战胜年轻女人的自尊心、虚荣心和各种心理障碍！

晚上，女婿又来了。夫妻俩说了一会儿悄悄话，女儿走到母亲身边，搂着母亲，贴着母亲的耳朵说："妈，晚上他在这里陪您，我明天早上再来。"

老人"啊啊"了两声，又恢复了平静。女儿把脸贴到母亲脸上待了一会儿，又亲了亲母亲，然后边笑看着母亲，边倒退着招手离开了。

女婿看样子很老实，他与妻子一样不爱与别人说话，但他看人时黑黢黢的脸上总有微笑。妻子走后，他一直坐在老人身边也不走动，老人"啊啊"的时候，他给老人喂点水，老人伸手的时候，就扶老人起来上厕所，帮老人提裤子。还辅助医生给老人灌肠，测体温、量血压等。晚上，看老人睡熟了，他才靠在椅子背上闭一会儿眼。

我因照顾母亲，晚上不敢睡实了，醒来时，见他正给老人喂药喂水。

早上老人醒来时，女婿还没醒，直到走廊上开关门的声音才把他惊醒。醒来后，他笑着嗔怪老人："妈，您怎么不叫醒我？"

老人"啊啊"了几声。

女婿仍笑着说："哦，我听明白了，您是心疼我，想让我多睡一会儿。"

老人又笑了，笑得很甜。

他给老人洗脸的时候，因为水热，他先抖开毛巾，在自己脸上试试，不烫，再给老人擦脸擦手，然后伺候老人吃早餐。

女儿来的时候，老人已挂上了吊瓶，女婿在床前守着，因是周日，况且工地的事也已安排好，所以女婿上午不用去单位了。女儿是从超市来的，手里提着五六个装得满满的塑料袋，等母亲打完吊瓶，她打开塑料袋，把从超市买来的美食一样样地摆在母亲面前，有烧鸡、烤鸭、肉包子、豆浆，打开的塑料袋里还有香蕉、火龙果、橘子、猕猴桃。母亲脸上又绽开了笑容。

女儿说："妈，这都是您爱吃的，紧着您吃。"女儿一边照顾母亲吃，一边让我们也吃。老人虽然有病，但牙口很好，女儿女婿把好肉挑给母亲吃，鸡爪鸭头自己啃，直到都吃饱了。

吃晚饭的时候，老人高低不吃了，女儿的脸上没了笑容，不时地盯着母亲，表情有点紧张和不安。医生问了情况说："你中午给她吃得太多了，空一顿吧。"说完，给开了助消化的药。

女儿无语，只内疚而自责地看着母亲，观察着母亲的身体变化。

晚上，老人拉肚子了，不时地起夜。夫妻俩都没走，随时听老人的动静，扶老人上厕所。就这样，还是弄脏了被单褥子。女儿把弄脏的地方洗了，用卫生纸沾去一部分水，又垫上几层卫生纸。她让母亲挪到干些的地方，自己躺在洗湿的地方。她说自己年轻，活力大，一会儿就暖和了，还说他们兄弟姊妹小时候尿床，碰上阴天下雨，母亲也常这样做。

天亮了，母亲止住了腹泻，夫妻俩却蔫了，坐一会儿就忍不住打盹。女儿在走廊上给在老家村委会工作的弟弟打电话求援。打完电话，她的情绪激动起来，愤愤地向丈夫说：“他说近两天工作忙，抽不出空来我还能理解，毕竟村里上项目，搞经营。他说让母亲出院回老家，我绝对不会同意！农村老家生活条件差，缺医少药，去了还不是等……”“死”字还没说出口，她大哭起来，哭得很痛，眼泪哗哗的。丈夫忙给她擦泪。哭完，又给妹妹打电话。

妹妹是下午赶到的，来后，就催夫妻俩回家休息了。

妹妹长得像母亲，瘦瘦高高的，很文静。我看她向我友好地笑笑，我就找话说：“你姐姐很孝顺。”

她点点头低声说：“几年前医生就说，我母亲的病治不好了，她患的不只一样病，我姐从不认为母亲的病治不好，她把母亲接来自己家照顾，到现在已经跟她十几年了。别的姊妹来接母亲，她不让接，一是不放心，二是她太爱母亲了，住院前还给母亲做了一套三面新的被褥，她认为母亲能长寿。”

“她小时候，你母亲很疼她吗？”我问。

“她挨揍最多。我们兄弟姊妹五个，我上面有大姐大哥，这是我二姐，数她最孝顺，我下面还有一个弟弟，我母亲最疼我弟弟。我父亲去世早，是我母亲独自把我们拉扯大，吃了不少苦，犯了不少难。”

“哦——”我愕然了。

这晚，老人睡得很安静。

清晨，二姐一早就来了，问了母亲的情况，就让妹妹回去休息了。她伺候母亲洗漱，喂了点米粥、蛋糕等清淡易消化的食物。见母亲的肠胃功能已恢复，她的神情也不那么紧张了。

“今天你弟弟能来吗?”见她闲下来,我问。

“来不了,说先让我大哥来,他过两天再来。我大哥眼不好,又聋,来了也干不了啥,我没让来。我大姐看孙子,脱不开身,不能来,说听小弟弟的,把母亲接回老家。”话没说完,眼泪又流下来。

稳定了情绪后,她又说:“我母亲即使得了绝症,我也要想方设法让她多活几年,何况不是绝症,治了总会好些。以前,我母亲为了能让我们姊妹几个吃饱饭,吃的苦受的累常人难比。白天背着我弟弟,领着我和妹妹下地干活,晚上哄我们睡下,一个人推磨摊煎饼,给我们缝补衣服,眼熬得又红又肿,也舍不得歇一会儿。”说着,她的眼圈又红了。我忽然明白她给老人唱儿歌时为什么掉泪了,她是想起了母亲抚养他们时受的苦。

停了一会儿,她接着说:“好不容易把我们盼大了,儿娶女嫁,又帮儿女带孩子,我母亲没享过一天福。如今她有病了,不能为儿女干活了,儿女如果不尽力孝敬她,不尽力给她治病,那还叫人,还有人味?”

她停了一会儿,又看了看母亲,母亲这会儿很安静,她接着说:“母亲是天下最心疼儿女的人,所以我看到母亲就感到亲,就感到从心里快乐。有母亲在身边,我感觉幸福,我丈夫看我幸福,他也幸福。所以,他帮我照顾母亲十几年了,从不感到是负担,相反也感到很快乐。”

“这十几年,你就没嫌烦过吗?”

“没有,亲还亲不过来呢!”她不好意思地笑笑。

老人又“啊啊”了,可能是想上厕所,她扶起老人,伺候着上了厕所,安顿老人躺下。

“日本民间故事里,有一段把老了不能干活的老人,背到山上喂乌鸦的描写,太残酷了,这是人性的泯灭,是兽性的回归!”我静静地听她说，唯恐打断她。

“中华民族自古就有百善孝为先的传统观念，这才是正道，那些不孝儿女，我想是私心太重，太计较，没有感恩的心，那就体会不到陪伴照顾父母的幸福和快乐了，只能在压力和烦恼中过日子……”

我被震惊了！一个朴朴实实，普普通通，有点怯生生的，表情稍微木讷的妇女，情感世界竟如此高尚，对人性的理解竟如此透彻，令我刮目相看。

要说女儿照顾有病的老父母亲，是再平常，再普通不过的事了，写出来也是流水账，没什么新鲜感。可是，你能做到坐在母亲床上给母亲按摩捏脚唱儿歌吗？你能为了让父母吃到一块水果，张嘴向陌生人讨要吗？你能做到用自己的身体，给母亲暖干被母亲弄脏弄湿的被褥吗？你能在照顾父母时，用自己快乐的爱心使父母高兴吗？……即使都做到了，你又能十几年如一日地耐心细致、快乐无怨吗？

一向认为自己最孝顺的我，惭愧了。

老人又“啊啊”了，她感觉母亲应该是躺累了，忙扶起母亲说：“光躺着不行，起来走走吧。”她架着母亲在三个床尾的空地上来回走着，边走边说：“腿不练没有劲，没有劲怎么能出去旅游？”

老人又“啊啊”了，原来，女儿为了让老人能独立行走，故意放松了搀扶的手。女儿大笑起来说：“哦！这回我可看清了，原来您能自己走呀，以后别再给我装了！”

老人“啊啊”着，也笑了。

女儿高兴地搂着母亲的脖子亲了亲欢呼起来。老人缓缓地挪着步子，颤颤巍巍地向前走，身子在女儿的两个胳膊弯的护卫下一动一动的。

我羡慕母女俩的幸福和快乐，我敬佩母女俩在困境中还能这样幸福快乐！我感觉呈现在我面前的，是大美人性的光辉！

七号病房

清晨，当护士推着针药走进病房的时候，我才猛地醒来，发现太阳已经照亮了半面西墙。我埋怨母亲没叫醒我。

母亲说我前天夜里没睡好，让我今早多睡会儿，并说她一早在流动餐厅买了饭吃过了，留一份让我在微波炉热一下吃。

“我上厕所——”十二床的病人刚挂上吊瓶就叫喊。她得的是糖尿病，已住院多天还不见好转。

她与我母亲同岁，可看上去比我母亲要老，虚胖的脸上老是堆着怒容，像别人都做了对不起她的事。在一旁照顾她的是她老伴儿，看样子也有七十岁了，瘦瘦的脸上深深浅浅也有几道皱纹。他中等个头，腰不弯腿不慢，还挺精神。他不多言不多语，每天只静静地守在老婆床前听候使唤。老婆睡着时，他就看看报纸。

听到老婆要上厕所，他赶忙扶起老婆，给她穿上鞋，一手拿下吊瓶，一手扶着她向厕所走去。

十床病人看上去也就五十多岁，但她床头的卡片上却写着六十六岁，只比同室的病友小一岁，算是同龄人。

她有一米六多，体型很匀称。她上身穿一件湖蓝色的夹克衫，下身穿一件白色的牛仔裤，烫染过的卷发规整地盘在脑后，鹅蛋形的脸上很光洁，眼睛有神，看人时，总感觉那眼在与你说话。她说话时，面部表情很丰富，让人不由得被她的精气神感染。她是企业工会的退休职工，住院是因为腿部静脉曲张，已做过手术，恢复得很好，明天准备出院。

十二床病人从厕所出来了，她老公把她扶到床上躺下，刚躺下，又喊起来了："老头子，我肋又疼！"

她老伴儿急忙用手轻轻地抚揉她的肋部。

"又跑到腰上了！"

她老伴儿把她的身子稍稍侧翻一点，把手慢慢伸到她腰下抚摩了一会儿。

"又跑到肚子上了！我滴个娘嘞，这到底是个什么东西？！"

她烦了急了，老伴儿没烦，仍一声不吭，只管小心翼翼，认真仔细地抚慰她疼痛的部位。

"十二床该缴费了。"护士进来，把单子交给她老伴儿。

老伴儿接过单子看了看说："一百五。"

"你哄我看不清！我心里有数，五十足够。"十二床说完从身上掏出五十元钱甩给了他。

"我敢哄你吗？不信你自己看，白纸黑字写得清清楚楚一百五，我给人家五十，人家能愿意吗，又不是菜市场，能讨价还价。"老伴儿耐心地辩解着。

她看了单子，向老伴儿瞪着眼，咬牙切齿地骂道："死老头子，这不是写的五十元整吗，你多要一百元给谁去！"

十床看他俩吵个没完，就向她老伴儿要过单子看了看，确认是一百五十元。

十二床低声说："我知道，我是觉得他身上还有钱。"

十二床终于很不情愿地从身上又掏出一百元，狠狠地甩给了老伴儿，嘴里咕咕哝哝地骂着什么，等老伴儿拿着钱走到门口，她放大了声音："老不正经的，给你一百五，你给那娘儿们送去吧！"她咬牙切齿，脸上的怒容堆成了疙瘩，冲着老伴儿的背影骂着。

她老伴儿还没走出门，从侧面，我看到他的脸颊动了一下，他在偷笑。他是被他老婆骂惯了，不在乎了，抑或没把她当成正常人，不与她一般见识？

老婆骂是因为怕有人夺走老公，是因为爱；老公容忍是因为内心坦荡，是因为爱老婆，理解老婆？

“十二床大姐，大哥照顾你多服帖，你怎么总骂他呀？”十一床忍不住问。

“大妹子，你不知道，他老来出轨，跟一个跳广场舞的娘儿们好上了，跳着广场舞两人又跳上交谊舞了，在广场上跳还不行，还到家里来跳，让我撞上两回。”

“跳交谊舞，老年青年都可以跳，这很正常呀！”

“不是的，他俩跳的跟人家跳的不一样，他俩那肚皮都贴到一块了！”

“你看见他俩……在一起了吗？”

“没看见，没看见不等于没有，背着我，还不知道干过多少回呢！”

“现在他们俩还跳吗？”

“这年把没跳了，那娘儿们也不敢来了，叫我骂的，不骂走她，老头的心就收不回来。”

“在家里天天骂吗？”

“骂！一想起那肚皮贴肚皮就忍不住要骂。他给我写了好几回保证书，说不见那娘儿们了，就是不承认跟那娘儿们的事。”

“哦！怪不得你有病那么厉害，原来你心里拾掇了这么多烂事！你这是没事找事呀！你这样天天骂，大哥的心就能贴合你了吗？天天听你骂，谁能受得了！弄不好，没让女人勾跑，倒让你天天骂跑了，既然日子还得你俩过，你就得想办法留住他的心，天天生气天天骂，只会使你病得更厉害，只会骂跑夫妻感情，只会骂散你的家，只会骂来更多娘儿们和他跳舞，只会让你活活气死。”

十床说完，十二床沉默了一会儿问："那我怎么办？"

十床说："如果你能放下心里这些结，陪大哥一起玩，一起跳舞，你俩都高兴，不就没有这些节外生枝的事了吗。"

十二床又沉默了一会儿突然说："不行！我一想到他和那娘儿们脸对脸、肚皮贴肚皮晃来晃去的样子就来气，我的病都是他们俩气出来的！"

"大姐，我看你的气没来由，是自找的。人说抓贼要赃，捉奸要双，你没看见他俩怎么样，仅仅是跳舞肚皮贴得近些，实在不该这样气起来没完没了。你千方百计逼着人家承认，对你有什么好处？这是给自己扣屎盆子呀！再说，就是真的出轨了，咱也不能拿别人的错误惩罚自己呀。你住院都好多天了，病情还不见多少起色，再这样下去，病还能好吗？你的气，比命还重要吗？还是先保命吧，其他都是鸡毛蒜皮。"

十二床不吱声了，只无意识地盯着天花板发愣，病房里恢复了安静。

护士进来给十床起了针，又给我母亲及十二床换了药针。

"大姐，想开些吧，身体最重要。"十床休息了一会儿，悄悄走近十二床，一改脸上的正经，嬉皮笑脸，俏皮地低声说，"咱都是要上七十的人了，女人从五十多岁就不想那事了，男人八十也想，如果真有个傻娘儿们愿意投怀送抱，不是省咱老太婆的事了吗。"说着转向我母亲："是吧大姐？"她想让我母亲也附和几句。

我母亲笑着说："这位妹妹真会讲道理，说得还蛮新鲜呢！"

"最后几句是玩笑，都别传，传了人家笑话咱。"

病房里又陷入沉默。突然，十二床大姨脸上露出笑容："大妹子，我家在新城常庄住，等我病好出院，到我家来玩，还有十一床老姊妹，咱也好好喝几盅！我家院子大，跳舞、耍拳都没问题。"

“行!”十床和我母亲都爽快地答应了,接着都交换了手机号。

此时,十二床的眉头是舒展的,脸上也没有了愤怒的疙瘩,眼里透出的光是温柔的,像换了一张脸。

十床又说:“我到你家教你们跳舞唱歌,不过,要先说下,与你家大哥跳舞,不准骂我!”

“看你说的,”十二床脸红了,“你怎么跳都行,亲还亲不过来呢,哪里提的上骂呢?”十二床也会开玩笑,笑起来还真好看。

十二床的老伴儿缴完钱回来了,见她有说有笑,诧异地睁大了眼睛。

十二床安静地躺在床上,看着坐在身边微笑的老伴儿若有所思。

吊瓶的药液在缓缓地流动,“滴答,滴答……”

琴梦

她拿着化验单从医院出来，脸色煞白，心情糟到了极点。化验单上清楚地写着——结肠癌。尽管事前她有这方面的精神准备，但这来自权威部门的白纸黑字的诊断，还是把她的精神击垮了。她恍惚意识到，在此时不能自控的精神状态下，她是不能回家的，因为一旦被患心脏病的老伴儿知道，他会很难过，这样很可能加重他的病情。

她漫无目的地走了一段路，忽然感觉很累，就扶着一棵树，腿一软依着树瘫坐下来……

不知过了多长时间，一阵凉风把她吹醒，她睁开眼，发现眼前是一片湖，她一惊，是天叫我了此一生吗？如果这样，倒也好，省得花钱住院折腾。她知道，家里那几个从牙缝里省下的救命钱是经不起折腾的，何况她已六十有五，死也值了。

想着，她又向湖面看了看，湖面上有荷花，有水鸭，那荷花是白色的，半开，像一只只大白眼珠，瞪着她，像要一口吃掉她；那水鸭像一只只狼，藏在芦苇丛中，等待机会扑向她；对面湖岸的夕阳还没落山，夕阳一点都不美……哎，它美不美已与我无关。想着，泪水像断了线的珠子流个没完。终于，她止住泪，站起来，一步一步地向湖边走去。忽然，她的腿又一软，坐在了一个砍剩的树墩上，她决定再歇一会儿，她把胳膊肘放到膝盖上，两手托腮闭上眼睛。迷糊中，她听到一个美妙的声音从天外传来，这声音太好听了，如撕锦帛，如落玉珠，时而像高山流水，时而像小溪潺潺……她猛地睁开眼，发现声音是从不远的树丛里传来的，是小提琴的旋律！啊！小提琴的旋律，是她年轻时就痴迷的旋律！她渴望学习小提琴，但出于种种原因而放弃了这个念想。她又闭上眼睛，细细地享受这天籁之声。她眼前出现了二十年前她与丈夫划着小船穿梭在荷花丛中采莲的画面，儿子在水里钻来钻去戏水，扬起的水发出清脆欢快的声响。儿媳和小孙子在船上剥莲子，小孙子还学着他妈妈的样子不停地往爷爷奶奶嘴里塞剥好的莲子米。多么美好！夕阳西下，小船已装满了莲蓬，一家人沐浴在晚霞里，谁也不说归。

哦，丈夫，孩子，如果我即刻死掉，他们会非常难过，丈夫也许由此而垮掉！

小提琴的旋律仍在湖面上飘荡，柔美动听，音韵缠绵，沁人心脾。

荷花亭亭玉立，如穿着绿罗裙的红颜姑娘，体态婀娜多姿，似歌似舞。水鸭不时钻进水里，吃上一条小鱼小虾。芦苇荡里，时而能捡到几个鸭蛋。哦，生活是多么美好！活着是多么幸福！

小提琴的旋律牵动着她的魂魄，重新把她带进美好的生活里。她想：我不能死，至少我不能马上死！病怕什么，我死都不怕了，还怕病吗！我要再活几年，我还要在有限的几年里学小提琴，圆我人生的梦，这样，我死而无憾了！

旋律又变得铿锵有力，宏阔壮美，直沁心魂。

她慢慢站了起来，看了看四周，振起精神，抬起腿，迈向回家的方向。

小提琴那壮美的余音一直在她耳边萦绕……

山里行

“我家门前，有条清澈的河，潺潺的流水从门前流过……”每每唱起这首歌，眼前就会有一幅诗意的美景，内心会产生一种踏实的归属感，令我激动不已。

是的，人类是从森林之中，从大自然的美景中走出来的，骨子里就有大自然情结和回归大自然的渴望。

金秋时节，我和家人驱车来到北部山区，去寻求这种感觉。刚驶出繁华热闹车来人往的市区，就看到远处广袤的农田和路两旁高大的白杨树，顿感眼前开阔，心情敞亮。此时，玉米已经收完。地里已有拖拉机在耕地，坐在车上可以看到拖拉机身后的黄土在不停地翻动。

车驶进村庄，看到家家户户的院子里、房顶上都晾满了金灿灿的玉米，看到这种颜色，心里油然产生一种神圣感，这是生命赖以生存的圣物，这是夏阳暑雨苦苦酿造的精华，这是农民用双手春耕夏播，除草施肥，浇水培土……硬是用汗水淘出来的圣果，这是天人合一的造化。

车驶进山区，一条大河横在眼前，我们看着像公园，就下车游览。沿河是塑胶的彩色路面，路边有亭楼，可以登上去观景，还有好多可以通往河里的木板桥。桥的那头就是游廊，每隔一段有一个亭子，供游客休息。我们在亭子里观赏这条河，河水很清，每隔一段就有一条拦河坝，坝下的水翻着雪白的浪花哗哗地流向下游。水流不急，河里有成群的白鹅、鸭子扭着游着，呱呱地唱着，悠哉悠哉好不自在！

河上有一条拱形的桥，桥上有车来往，护栏是白玉石建造的，雕着花纹，很养目。从亭廊往上看，天蓝蓝，桥弯弯，山青青，鸟啾啾，耳边还有水哗哗、鹅呱呱的交响。有谁在吟诗："鹅鹅鹅，曲项向天歌，白毛浮绿水，红掌拨清波……"我抬眼一看，是孩子在对着河里那群大白鹅诵诗。河的下游有一个好大的水库和大大小小的水塘，听说村民靠着这些水资源养鱼养虾，养鹅养鸭，种藕种花，玩水娱乐，挣了不少钱。

过了大桥就是村庄，村子里家家户户门口和院子里都堆着大堆的栗子的毛刺外壳。看着这么多的栗壳，可以想见这里的栗子有多少，但奇怪的是，却没有看到谁家晒栗子。一位村里人告诉我："栗子脱了壳就有人收走了，有的直接流入市场，有的进了冷库。这壳晒干后入药，也有人来收。"

我感叹，这真是"酒香不怕巷子深"，栗甜不怕山高远，何况这山区的路也早就村村通了，何愁卖不出去？

这位村民又说："不仅栗子存不下，连柿子、山楂、石榴、花生、地瓜这些山货都不用出去卖，除了自己吃，都剩不下。"

我想，那是当然，山地原汁原味的优质食物，谁不想来买些吃。

再往上走，山连山，水连水，路也高高低低，弯弯曲曲。路旁除了村庄，还有成片的庄稼地，地已整平，只等种麦子了。山坡上都是栗子树，此时，栗子也已经收完，时有像我们一样，从市内来游玩的人，在树下捡拾一些落下的栗子。还真能成包成袋地捡，村民看见了，也不制止，他们收得太多了，也不在乎这点了。这在我们小的时候是绝对不行的，人家还得留着自己来捡呢。

这座山下是一条小河，我们下车洗手洗脸。水不深，河底的砂石清晰可见。我们忍不住脱下鞋子，挽起裤腿下到河里。好凉爽好惬意，赤脚踩在砂石上，脚底痒痒的，很舒服。河不宽，在通往山路的地方，有用大石头摆成的过河桥，此时，一位妇女扛着满满的一编织袋东西过桥，估计是毛栗子，因为这里的山上都是栗子树。这位妇女大约有四十多岁，中等个头，长得很壮实，穿着一件红T恤衫，头发剪得很短，鸭蛋形的脸红红的，一对大眼睛透着沉静和聪慧。令我惊赞的是，她扛着这么一大袋子重物过这样一座不稳固的桥竟不慌不怕。她挺直腰板神情专注地看着水中的石头，一步踩一块石头，稳稳地，一点都不紧张。当走到河中，突然一块石头晃了一下，可她肩上的重物纹丝没晃。她伸出去的脚不可能收回，因为后面那块石头只能放一只脚。我们都替她捏了一把汗。可只见她稳了稳神，表情里仍没有一丝紧张，她用前面那只脚蹬了蹬石头，试图找一个稳些的角度踩过去。我们见状慌忙拥过去，一齐把石头放稳，看着她稳稳地过了河。

她感激地向我们微笑着说："你们是从市内来的吧？我家就在那座山根，渴了到我家喝水。"我说："这河水那么清，不是也可以喝吗？"

"这河水不是纯泉水，今秋雨水多，口感不是很好，我们家门口就有一口古泉，水质很好，市内常有人来拉水。"

她肩负重物，不便多说，说着就向不远处运送栗子的大车走去。之后，又有几位扛着同样编织袋的妇女从山上走下来过了河。

我想，这河是泉水河，我们为何不去溯源，看看它的源头呢。

于是，我们顺着小河往上走，沿途大大小小的水库和蓄水池有好几个，像明镜一样镶嵌在山洼处，倒映着青山绿水，蓝天白云。又走了一段路，我们看到小河出现一个岔口，一股溪流从侧面的山上流下来，汇入小河。

听当地村民说，这河有好多源头，这条小溪的泉眼在山顶，山上没有路，越往上都是石头，又湿又滑，很难爬。

首先孩子和爸妈表示要去爬山，于是，我和丈夫也就无话可说，就一个“上”字了。

同爬这山的还有不少人，看样子都是从市区来的。

我们沿着山溪边，爬过了栗子树林，再往上就没路了。我们在山溪附近的石头缝里攀爬，石头之间有小片的草地，也有许多带刺的小树，不小心手、脸、衣服会被划破。我们小心翼翼地扒着石头，手脚并用，一点一点地往上攀。我们大汗淋漓，气喘吁吁，就在岩石边的树凉阴下坐下休息。我在石头之间的流水中接了一瓶泉水，拿给大家品尝，都感觉甘洌清爽，后味微甜，这是在市区喝不到的感觉。我们吃了些东西，捧泉水洗手洗脸，在泉水边，在岩石边的树下拍照。拍照时，我发现岩石边的这棵树的根与巨石是融在一起的，是石是根，难以分辨，树身挤在岩缝里。我专注看了好久，究竟是石缝夹住了树，还是树撑裂了岩石？也许兼而有之吧！我敬佩这树，可以想见，当它无土无水，生命难以延续时，是以怎样的勇气和毅力拼死一搏，硬是把自己的根部细胞撕裂、挤压变形，融入巨石的，如果没有绝处拼搏的顽强，没有涅槃重生迸发的力量，断不会这般枝繁叶茂！

怀着对生命的敬畏，我们继续往上爬，当我爬过一块光滑的大石头时，眼前一亮，石背后面的石缝里长出一朵鲜艳的小红花，我惊叹，这干硬的岩石背后，缺土少水无光照，竟有如此鲜艳的花开在上面！小花也有如此顽强的生命力呀！

正当我专心往上爬时，突然感觉身后有东西顶我，一转头，看到是一只山羊，我吓得“啊”了一声急忙躲到一块大石头后面，那羊一蹦一跳灵敏地继续往上爬，我往下看，后面竟是白茫茫的一群山羊蜂拥而上，这些羊个个肚大腰圆，膘肥个大，听说还有几只怀孕的山羊从我身旁的石头上攀爬过去。我不禁问赶羊的大姨："你怎么把羊往山上赶呀？"

大姨说："羊要吃草要喝水呀。"

"你的羊怎么还会顶人呀？"

大姨笑笑说："它看你爬不动了，助你一臂之力。"

我也笑了想，这放羊大姨还挺幽默，我宁愿相信羊也有助人为乐的情怀。

"山这么高，你不怕羊掉下去摔伤了吗？"我边爬边问。

大姨又笑了说："你还不知道吧，山羊是攀岩高手，爬山比人快多了，人站不住的陡坡它能站住。"

"羊有特异功能吗？"我又问。

"羊的蹄虽小，却能紧紧地抓住山石土地，不然，它怎么上山吃草！"说完，就追赶羊群去了。

山上的羊边爬边跳，在山崖上撒着欢，有的羊已爬上了山顶，立在陡坡上眺望。

我佩服山羊抓地的本领，而世上万物哪个又能离了抓地的本领呢？哪个能离了地气地力呢？土里长的，地上走的，天上飞的……能抓住地气的，生！抓不住地气的，亡！

山更陡了，母亲紧跟在我们后面也努力地攀登着，毫不退缩。我说："妈，前面太陡，上山容易下山难，即使上去了，也怕您下不来，就此打住吧。"母亲抬头看了看上面，边擦汗边说："上吧，我能行。"

母亲一直爱活动，双杠、单杠、跑步机……天天玩，身体也灵活，她自信自己行就是行。

"您老人家这么大年纪还能爬山，真不简单！"一位同行者称赞母亲道。

只见母亲一愣，随即问："我有那么大年纪吗？我才七十多岁呀！"

那人又惊了："哇，七十多了！一点不像。"

"像多大？八十还是九十呢？"

"您老人家往大处理解了，我看您最多六十岁，我奶奶六十岁时就弯腰驼背了，您七十了腰板还那么直溜，真是有福气。"

"网上不是说，现在生活水平提高了，人的寿命普遍延长了，七十还算中年。"

"对，对，是中年，是我说错了。"那人连忙更正。

母亲也笑着说："时代不同了，七十也不能算老年了。"

大家笑着说着，很快就爬到山顶了。

"泉眼找到了！"孩子跳起来喊。我们循声望去，只见山顶石崖下有一个洞口，洞口往里有一股蘑菇状的水柱不停地往上顶，汩汩的泉水跳下石崖呈飞瀑状直往山下飞流，这就是泉眼！

"找到源头了！"我们兴奋地欢呼起来。

有人站到石崖上拥抱飞瀑，亲吻飞瀑，与飞瀑合照……所有来到这里的人都激动不已。

溪瀑飞流哗哗，流向山下，滋润着山田，滋润着人心。

我们站在高处，看到了更多的村庄，更多的梯田，更多的青山绿水，更多的亭台楼榭……青山之中镶嵌着无数大大小小闪亮的东西，像珍珠，像眼镜，特别耀眼，那是水库和池塘。山村已看不到低矮的草房，石砖结构、水泥结构的两层楼房最多，朱红色的大门在树丛里时隐时现，如一朵朵盛开的大红花。一条条浅灰色的柏油山路纵横交错，村村相连，与国道相接。远处，还有一座高大漂亮的建筑，同爬山的人说那是栗子加工厂，不仅炒栗子，还加工以栗子为原料的美食，畅销全国各地，还有一部分出口国外。

富了，山区的确富了！曾几何时，这里还是荒山秃岭。

“绿水青山就是金山银山”，这掷地有声、紧贴地气的声音又在耳边响起，这就是富裕的源头呀！

我们在回去的山路边，又发现一眼泉，泉头是用白玉石板封住的，只有一个口在不停地往外涌水。石板上有刻的花纹和字迹已被岁月风雨侵蚀得模糊不清。有人在提水，转身一看，我们都愣了，正是那位扛栗子过河的妇女！她惊喜地“啊”了一声，接着说：“缘分啊！”我们也惊喜地围上去说话。她给我们介绍说：“这个泉是古泉，从我曾爷爷那辈就在这里居住，到我这辈，泉水从没干涸过。”说着，她指着封泉石头上落款处说：“看，这是个宋字。”我们都顺着她手指的地方看去，字已经斑驳不清，仔细看隐约像“宋”字。

她提了一桶泉水，指着对面那片像别墅一样的住房对我们说：“走，到我家歇歇，喝杯茶。”

“你很忙，天不早了，我们不去了。”我说。

“来到门口了，今天说什么也得去认认门。”说着，一手提桶，一手挽住我。

我挣脱不了，就都随她来到了她家门口。

这里靠河边就是一个花园式的广场，有青藤架，有长廊，长廊上有长椅。广场上还有各种活动器材。

这片住房是村里统一盖的，一张图纸，一家一院，红漆大铁门，都能进出车辆。楼都是两层的，底层是四大间，两头的两间最大，门前是门廊。第二层是两间，有带围栏的平台，方便晾晒粮食。院子里还有东、西厢房，用以存放农作物和农具等杂物。厨房有油烟机，烧的是煤气罐，外间是吃饭的地方，有冰箱，有一张大桌子，桌子下面整齐地放着一些凳子。厕所也是冲水厕所，也有太阳能洗澡间。院子里还有一片菜园，现在冬瓜、南瓜、白菜、油菜、萝卜长势喜人。我们在客厅的沙发上坐了下来，她从饮水机里为我们一人接了一杯水。交谈中，我知道她是高中毕业回乡务农的，比我大两岁，是村里的妇女主任兼栗子加工厂收检部的主任。说着，她又去张罗着做饭。

我不想麻烦她，急忙拉住她说不在这吃饭。

她有点生气说："怕我管不起饭吗？别说一顿饭，就是你们一家人在这住，我也能让你们顿顿吃香的喝辣的。我说的是实话，要是前些年，这话我还真不敢说。现在，你们也看到了吧，这满山的栗子、核桃、山楂……满山的养鱼塘、娱乐场，关键还有肥水不流外人田的农产品、鱼类产品加工厂……我们富了，不吃香的喝辣的，留着钱干什么。咱得让生活对得起咱手上肩上脚上的老茧。既然我们有缘相识，你们就不用客气，看得出，你们都是善良人，我喜欢和你们交往。"

她的话，让我很感动，由衷地说："姐姐，你和你们全村人从早忙到晚，吃苦受累，硬是把荒山变成了金山银山，我很敬佩你们，我更想与你交朋友，今天天不早了，明天还得赶着上班，以后放假我一定再来。"

"真的！一定要来！一定！"她紧紧握住我的手，我感到她的手坚硬有力，一种踏实感瞬间传上心头。

她又说："稍等一下，我有点事。"说着走到菜园边的凉棚里，打开一个地窖，扒开沙子，露出油亮的栗子，她用手捧了满满一大提兜说："我们这里盛产栗子，家家户户除了卖，都有留的，不稀罕，这点，拿去吃吧。"

见她真心实意，我也不好太推辞。她把我们一直送到车上，目送我们走远。

车在群山间行驶，我们都无语，像是在沉思。那青山绿水，那飞流的瀑布，那山石上的树，那石背上的小花，那登山羊群，那挖水库池塘汗流浃背的村民，那年年在山上挖坑栽栗子树的老老少少……更令我感动的是姐姐那深情厚意。

大山，我还会再来的！一定！

送电脑的男孩

这段时间，我家的那台老电脑常出故障，一次次找人修理太麻烦又误事，于是，我拨通了一家新开张的电脑公司的电话，决定换一台新电脑。

来送电脑的是一个男孩，中等个头，娃娃脸，长得很白净，很帅气，身穿一件乳白色沿红边的羽绒服，看上去更像一个学生，浑身透着少年人的活力。他是骑脚蹬三轮车来的，从他冻红的脸颊和吹乱的短发上，我知道外面很冷。

他先查看了我的旧电脑，然后说："大姐，你这台电脑只要换一个小零件，稍微修一下，就不会再出这样的故障，没必要换新的。"

我听了自然很高兴，当即就答应了。他又回去拿了工具和零件，很快就换好了。他侧过身子等待电脑装系统。

我突然发现他的裤脚下露出一双家做的老棉鞋，鞋底是白色的塑胶底。我很吃惊，心想，如今许多小青年非名牌不穿，而他却如此质朴。

他看我老瞅他的鞋，就笑着说："这双鞋是我妈妈做的，鞋底是从我穿烂的旅游鞋上拆下来的。"他笑得很灿烂。

"你妈妈是做什么工作的？"听他提到妈妈，我忍不住问。

"是下岗工人，现在天天卖早点。"他回答道。

原来是穷人家的孩子！我的心酸酸的。

"你打工能挣多少钱？"我问。

“我是开电脑公司的。去年，我和女朋友都十八岁，我们都放弃了上大学，贷款开了这家小店。等这个公司的贷款还清后，我就把它转给我的女朋友，我再去开软件公司。”他平静地说。

我惊讶的同时，不由得暗自质疑：他年轻气盛，把事情想得也太容易了吧。

“你们上完大学再创业不更好吗？”我的质疑没敢外露，只对他们放弃学业表示惋惜。

他说：“如今社会就业压力太大，毕业后也不一定能学以致用，不如提前四年创业，尽快地由索取者转成给予者，免得再让家里人受四年难为。再说，我们的公司发展了，不是也能给国家安插就业人员吗！”

“你想得很好，可是，万一不成功你如何面对？”我想探探他的底。

“我爸爸生前是研究计算机的，受爸爸的熏陶，上学时我就学会了修理电脑和制作网页，也常给人家帮忙。如今，人家又来帮我，不然，我不敢贸然行动。”

他的思路和做法不落俗套，让我折服。我明白了，坐在我面前的，不是一般的男孩，他很有心智和能力，他好高但又务实，他肯努力也能吃苦。他放弃上大学，他办公司，不是没有根底的轻率之举。不由得我再一次注视了他。他静静地坐着，圆圆的脸上挂着谦和的微笑，腮边的酒窝也随着微笑浅浅地呈现着，清澈的眸子里汪着纯真、智慧、热情、稳健，还有一点稚气。我想，他是 20 世纪 90 年代以后出生的一代人。人们总认为 80 后、90 后的年轻人思想新，但好些人依赖性强，不能吃苦，只会享受，缺少责任感，被称为“新新人类”。而眼前的 90 后却早熟得让我吃惊。我不禁对这位小老板产生了几丝敬意。

电脑修好了，我试了试很好用，就付给他钱。他退给我二十元钱说："我只收零件费。"说完，收拾了工具，把他带来的新电脑重又带走。我急忙拦住他说："这不行，买卖没成，又让你出力费时忙活一阵，说什么也得把这钱收下。"

他说："买卖不成仁义在，大姐，你别不过意，只要用户满意，我真不挣修理费，也不在乎这一台电脑的买卖。"说完，掏出一张名片递给我，"以后电脑再出现问题，就打这个电话号码，我徒弟会上门来给你修理，维修费十元。"

看着眼前这位年轻人忙碌的身影，我不禁心生感慨。谁说 90 后是"垮掉的一代"，眼前这位 90 后，有志向，有闯劲，有才能，有头脑，肯实干，能吃苦。脚踏实地，未来可期。少年强则国强，希望我们的国家能多些、再多些这样的年轻人。

小青年蹬上三轮车走了，那双白色的塑胶鞋底在寒风中闪动着……他追梦的身影闪着光。

花又开

这个小区叫“苹果小区”。小区不大,但很美。小区里有五个花园,楼与楼之间还有许多花坛,上百种花草四季不断。除此之外,小区里楼前房后以及路两旁,长满了各种高大茂盛的树木,千姿百态,千奇百怪,让人心旷神怡。盛夏酷暑,一走进小区,广玉兰那肥厚油绿的大叶片会为你遮阳祛暑,一直把你带入小区深处。你会立刻感觉神清气爽,舒适宜人。

每年三月,白玉兰、红玉兰率先开放,那质地像玉一样的大花朵开满了整棵树的枝丫,簇成一团团硕大的红白玉球,被一根根树干高擎着,让人从心底荡起一种圣洁高雅之美。随后,是花园里、道路旁那仿大理石装饰窗里,小区周围的铁艺栅栏上垂挂下来的十里香,雪白的小花密密地挤在一起,像碎银汇成的瀑布,日夜向小区里倾泻,浓香四溢。当蔷薇花以五颜六色的重彩开放在小区周围高高矮矮、长长短短的栅栏墙上和各家小院的花架上的时候,那才真叫鲜艳夺目。再往后,多种花木相继开放,万紫千红,千娇百媚,花香四溢,人在花中,也忍不住心花怒放。这种景象,一直延续到十二月初。当腊梅花那铮铮傲骨守护在冰天雪地里的时候,月季花才收起最后一抹红,安心地进入冬眠。

可好景不长,几年后,花园里的花渐渐地少了,杂草渐渐多了,有些杂草上还铺上了石子水泥,停上了车辆。小区里开始变得杂乱了,开始燥热了,不时怨声连连,嚷声阵阵。

寒去暑来，浮躁中，人们看到花坛里的杂草没有了，种上了月季、石兰、铁杆梅、柳桃、地瓜花……又过了几天，大花园里有块地方的杂草也没有了，栽上了石榴、紫槐、樱桃、玉兰、女贞……雨后，人们还发现，道路低洼处的积水没有了，积水被引入了花园；花园里健身器旁坏掉的地砖修好了；大树下多了一片新铺的平整的砖地，供老人和孩子纳凉玩耍……

终于，我看到有位年过六旬的老人，在花园里除草、种花、浇水、剪枝……

“老人家，歇会儿吧。”我走过去跟老人搭讪。

老人抬起头，擦了把汗笑笑说：“不累。”

“是新来的花工吧？”

“不是，我就是这小区的，去年刚退休，闲不惯，为大家做点事。”

“哦——志愿者！”

看到我惊异，他又解释道：“虽然我老了，做不了多少事了，但只要能做点，大家就方便点舒服点，总比不做强。”

我对老人肃然起敬！

春去春又来。第二年，我看到其他花园里也有人在种花种树，我还看到老人的身边不时有人跟他一起干，有年轻人，有中年人，有孩子，还有老人。这些人散落在花园里，如花如玉，为花园增光添彩。

小区的杂乱感、燥热感在渐渐隐退，埋怨声、吵嚷声在慢慢减少。

花落花又开，而开在人们心里的花，是世上最美的，永不凋谢的花！

一个阳光明媚的日子

初春的早晨，我打开窗户，嗬！天空好蓝，蓝得像蓝宝石；太阳好明媚，明媚得让人心颤。天空一丝云彩也没有，空气清新透明，能依稀看到远山的树木。我揉了揉自己的眼睛，掐了掐自己的手腕自问："这是真的吗？"这是真的！真实得让人难以相信！

多少日子以来，大雾、大风、大霾、大烟充斥小城，搞得小城人们的心头也烟雾沉沉。如今这样好的天气竟突然降至，怎能不让人惊喜万状！

哦！久违了，这阳光明媚的日子！

我不由得走出家门，去沐浴早晨这样清新的阳光和空气。公园里，林荫道上，已有不少晨练的人。路边花园的小道上，一位阿姨低着头慢慢地走着，走到我身旁时，乜了我一眼，我慌忙露出笑脸叫一声阿姨，但"姨"字还没出口，只见她又低下头紧绷着脸与我擦肩而过，我茫然了。

一年前，我见过这位阿姨，她可能也住在附近小区。她个头不高不矮，体形不胖不瘦，五官很协调。她总是一个人溜达，不与别人说闲话家常。她不得已看人时，那眼神里有提防，也有点敌视。我感到她怪怪的。

终于，她在离我不远的一条长凳上坐了下来。我性格外向，喜欢与人交流，加之天气的原因，我心情极好，就忍不住又与她说话。

"阿姨，您好久没出来了吧！"

听我问她，她瞅了我一眼，过了好一会儿才说："你没看这段时间是什么天？全世界都被雾霾笼罩了，像澡堂子似的，出来还不得撞上人！"

"那也不能老待在家里，时间长了会抑郁的。"

"你怎么也说我抑郁，你才抑郁呢！"

"阿姨，我是与你说着玩的，你不抑郁，是我抑郁。你千万别生气。"

我见她真生气，急忙陪好话。

她默默地低头坐着，我不敢再说什么了。

过了一会儿，她突然问我："抑郁是什么样子的？"

"就是为一丁点小事，老在脑子里转悠来转悠去，心事重重，愁眉苦脸，还总疑心别人议论自己坏话。"我忙回答说。

她沉默了好大一会儿，低声嘟囔着说："我去医院看病，检查几次，什么病也没查出来，医生老说我是精神抑郁，还凶我，想想真恨不能自杀。"

"你哪里不舒服？"

"心慌，别人都有意气我，我活不长。"

"阿姨，像你这年纪，谁身上没有几种病，人家不都活得快快乐乐吗？就是真的心慌心跳，也算不上什么病，多出来锻炼锻炼，心情好了，心脏也就调整好了。"

我感觉她是真的抑郁了，就忍不住想多开导她几句。为了能与她沟通交流，我谎说我以前也抑郁过。

我看见她紧锁的眉间皱纹开始舒展，又过了一会儿，她开始直视我："我看你现在挺阳光的，你是怎么治好的？"

"多出来活动，多交朋友，有心事多向朋友倾诉，多与人交流——”我见她愿意听，就不断地给她说。

“我不喜欢出来，就愿意自己待在家里，今天要不是天气好，要不是孩子劝我，我还不出来。”

“你喜欢唱歌吗？可以先在家里学唱歌。”

“我唱歌跑调。”

“跑调不要紧，只要唱了高兴就行。你看山东电视台《我是大明星》栏目里那个‘跑调姐’，她唱歌哪句都不在调上，她的歌不光快乐了自己，不是也给全省人民带来快乐了吗？”

她想想笑了起来。她笑起来很美，眼、鼻、嘴都在笑，她的牙齿很白很齐，左腮上还有一个浅浅的酒窝。原来她笑起来也是非常阳光的！

“阿姨，你有五十了吧？”

“五十二，前年才退休。”

“你头上有白发啦。”

“白了好多了，你看，”她掀起鬓角的头发，露出里面的白发，“这里面全白了。”

我凑过去仔细一看，还真是白了不少。白了的那片头发很白，并且不与黑发相掺。白了的头发还很亮，在太阳下还闪着亮光，银白银白的。

我说：“你的白发像银子一样。”

“要真的是银子，早就让俺儿给拔下来了，等到全白了，就拔秃了！”

我忍不住笑出了声：“哪能，看把你儿说的。”

她也笑了，说：“开玩笑。”说完她就站起来开始溜达。

这位阿姨也会开玩笑，这让我非常惊喜。我笑着看着她的头，想着她的头发被拔光后，她顶着光秃秃的头走来走去的样子，忍不住又“噗嗤”笑出了声。

见我盯着她的头笑，她愣了一会儿，想了想，可能是领悟了我笑的原因，也不由得大笑起来。那浅浅的酒窝和白白的牙齿更动人了。

阿姨走的时候，她的眉头是舒展的。我也很高兴这一小会儿竟使她笑了几次。

阳光非常灿烂，照在身上暖暖的。空气里没有一丁点儿杂质。花园里的迎春花正含苞欲放，红玉兰、白玉兰也鼓出了苞芽，晨练的人们尽情地享受着一份舒适，一份惬意。大自然本就该是如此美丽的！人类本就该是如此快乐的！

我盼着这样的天气多一些，我盼着那位阿姨再出来，我还盼着经常能看到大自然的真面目！

两棵枣树

我居住的四合院里有两棵枣树，一样的粗壮挺拔，一样的枝繁叶茂。唯一不同的是其中一棵枣树位于四合院大门前，而另一棵则长在公共厕所旁边。

每到秋天，两棵枣树的枝间叶隙就缀满了又大又红的枣子。邻居们便手持长竿，聚到门前那棵枣树下，噼里啪啦一阵敲打，熟透的大红枣便雨点般落下，拾一颗放进嘴里，又脆又甜。大家嘎嘣嘎嘣吃着枣子，都说，门前有这么一棵枣树真好，年年都能尝鲜。于是大家瞧树的眼神柔和了许多，那棵树也因此很是风光了一阵儿。

长在厕所旁边的枣树，虽然结的枣子丝毫不比门前的逊色，却很少有人问津，仿佛厕所里散发出的气味把枣子也熏臭了。因此，尽管公厕旁的枣树挂满了红玛瑙般的枣子，却始终孤零零地伫立在那儿，任凭枣子落了一地，化作一层枣泥。人们都叹，哎，可惜了。接着又说，谁让它长得不是地方呢。

转眼，到了深秋。树上的枣子落得差不多了，只剩高处枝头上还挂着稀稀拉拉的几颗。便有顽皮的孩子爬上门前那棵枣树，没头没脑一阵乱打，有的干脆把带枣的树枝整个折断。等孩子们从树上下来，一哄而散，树下已一片狼藉，踩折的、掰断的、打残的树杈枝叶满地都是，原本枝繁叶茂的枣树变得斑驳不堪，元气大伤。

冬天来了，晨练的人多了。每天早上都有人对着门前的枣树运气发功，或拳打脚踢，有的还把横伸出的树杈当单杠，吊在上面练臂力。大家都说，门口有这棵枣树真方便，不用出门就能锻炼身体。至于公厕旁那棵枣树，反正枣都没了，就更没人注意它了，全任其自生自长。

转眼几年过去了，门前的枣树虽然还开花结果，却远不如以前那么生机盎然，显得衰老了许多。而公厕旁的枣树在人们的淡忘中，树干又粗壮了好几圈，枝叶也更绿、更繁盛了。有人瞧见了，就叹，可惜了，要是也栽到院门前该多好呀！

评 论

平平淡淡才是真

——谈谈尹涵先生的《西窗漫笔》

接过母亲向我推荐的尹涵先生的散文集《西窗漫笔》，本打算看几篇就束之高阁的，但看了上篇还想看下篇，就这样一篇篇地看下去，直到一字不落地看到了后记。我想我是被尹涵先生散文里那自然平淡之“味”所吸引。

所谓自然平淡之味，乃散文之真味。古代文学家苏轼曾说过，“发纤秾于简古，寄至味于淡泊”（《书黄子思诗集后》）。现代学者周国平先生也曾说：“平淡不但是一种文字的境界，更是一种胸怀，一种人生的境界。”①

散文的平淡之味，是作者在日常生活中真性灵、真精神、真感受、真心动的自然流露。而卖弄学问，玩弄文字技巧，堆砌华丽辞藻，或顾影自怜无病呻吟，那只是浮光掠影，不出真味，是不能打动人心，无法让读者与之产生共鸣的，因而不能称为真正意义上的散文。

尹涵先生散文里的平淡之味，是以“味”为主的，他是用一颗平常之心体验并确实品尝到了日常生活中的真滋味，产生了把这种滋味记下来的冲动，然后才动笔的，他在后记里曾说“心不动则不动笔”。如果没有心动，那写出的东西如同记流水账，只平淡而没有“味”了。尹涵先生的每一篇散文，都能使读者感到他平静淡然的心态下心潮的涌动；他质朴自然的字句里，胸臆奔放。他的散文透着清水出芙

① 周国平：《周国平精品集》，人民文学出版社 2005 年版，第 57 页。

蓉，天然去雕饰之美，充满独特的思想感悟和对生活睿敏的认知。

尹涵先生工作生活在大兴安岭，曾任林业局文教科科长、《林海日报》副刊部主任兼《森林文学》主编，是内蒙古作家协会会员、中国散文诗研究会理事。著有《森林诗话》《塞外诗萃》《散文诗选》等专集。现虽已退休，仍有作品集不断面世。《西窗漫笔》是他的近期之作。在这部书里，他抒发的仍是那浓浓的森林情结。写森林情结的文章很多，但尹涵先生的文章表现的思想内涵迥异，既无雷同仿造之嫌，亦无生编雕饰之感，每篇都给人以清水出芙蓉，自然得天真的全新的美感。

大凡成熟的散文作家，其散文总使人感到一种风骨之美，这种美非金子所铸，非脂粉所饰，它是作者人格、才格、文格的集中体现。尹涵先生凭其人品、才气和工作能力，在仕途是大有可为的，但他却弃官从文，选择成为《林海日报》副刊部主任，五十岁以后，他又主动放弃主任职位，当了一名普通编辑。写凡人琐事，写平平常常心，写森林美景，淡然中总给人一种内在的、超凡脱俗的硬骨支撑的傲岸之美，这与他的人品和超脱的境界是密切相关的。

古往今来，多少世人为求名利地位、高官厚禄，你争我斗，攀上踩下，而他却甘愿"向下"走。他在《莫言下岭便无难》一文中透漏心迹，其实他心中的想法"很简单，就是在生活中，选择一个适于自己生活的位置"。他认为"向上是前进，向下也是前进"。他只想"日后人们能够待我如前，吾心足矣"。语言朴实真切，这是他内心淡泊名利状态的自然随意表露。正因为是自然随意而不是刻意表现，读者才感到作者内心真实超脱的境界。有人说"无官一身轻"，尹涵先生不赞同，他不认为老百姓肩上的担子就轻。因为他卸下行政职务就是想把副刊办得更好，多培养一些文学新人，为文友们发多些稿子。

自由的灵魂是美感的源泉，一个执着于美感的人，必须有超脱之道。尹涵先生仕途勇退，弃官从文，落入清贫，想来就是为着一颗自由的心，为着一份美的感觉。

在《文字匠的苦乐》中，他写道："别看在仕途经济面前不争不夺，为了一个字词的对错，却查字典，翻资料，非弄个水落石出不可。较起真儿来，时而还跟朋友们分辩得脖子粗脸红。"这是一位编辑、作家严谨的治学态度、执着的敬业精神和铮铮的硬骨底气。《站起来，别趴下》是作者因病退休后的心路历程，当他从死神手里挣脱后，更加珍爱生命，更加积极主动地去创造新的生活，去调动自己过去没时间开掘的潜力。由此，他悟出"生理上的新陈代谢，多是依靠自然调节；精神上的永葆青春，则是依赖人的主体创造来实现。不停顿地追求，有规则的生活，都是滋润心理年龄不竭的源泉，即便肌体走向干枯萎缩，而体内依然会有热血沸腾、涌流……保持心理年轻，意味着一个人的朝气、活力并不随年龄递增而递减"。于是他与老伴一起参加晨练，他读书写文，他与朋友谈天说地……由此，他获得了大量信息和新的创作灵感。他向仍被病魔缠身或退休的老人们呼吁："站起来，别趴下，创造一个良好的心情，珍惜每一时每一刻。玩啥要玩得开心，干啥也要干得投入。争取在自己所努力争取到了的焕发青春的时光里，多为后人留下点什么。"一个与世无争的人，在他步入老年后，以他自身内在的硬骨，向衰老、向病魔、向死神宣战。

热爱生命绝不等于惧怕死亡，在《"老之将至"感怀》里，他写道："生与老，乃自然规律，谁都难违。然而，生活的格调，生命的质量却会千差万别。"

尹涵先生能以豁达的襟怀面对生与死，执着于生活的质量，实际上就是一种超脱。这种超脱的境界，使他的散文充满了积极向上的生命之美和人生活力。

人非草木，孰能无情。人世间的友情、爱情、亲情、乡情等都是人生最美好的东西。细细想来，人生不就留恋个“情”字吗？尹涵先生无论写哪种情，都能给读者带来新的感动。

《毛毛狗又叫了》写作者与少年伙伴金岭分手时的情景：“那年分手正值16岁花季，大柳树和金岭同样垂着头。我走出村子老远老远，金岭也跟出老远老远，二人没有一句话。他怀抱一束毛毛狗，边走边拧着细嫩的柳条，眼睛有些潮湿，我不敢正视他，此刻他颇像个柔弱的女孩。当我终于不得不说出‘别送了，回去吧’，他将那束翠绿的纯情往我手中一搡，掉头便放声大哭起来……”这段话没有任何修饰，用的都是最朴实的语言，但读者却如耳闻目见，被作品里深挚的友情打动，从而与作品里的人物一起动情。这是散文的真精神、真性灵本质上的感觉，也是原汁原味的感觉，这足见作者的文学功力。

时下的作品，写男女之情常常落入俗、浅、滥。而尹涵先生写男女之情，却非常纯洁美好而又动人。也许有人不相信男女之情的纯洁美，但只要你看过并认真地体味过他在这方面散文，便不得不信了。

《杜鹃花开时节》写作者同一位如杜鹃一样美丽的女护林员的初恋。因作者工作调动，而女护林员非常热爱护林工作不愿离开林区，最终二人不得不依依惜别。对此，作者给予由衷的理解。二十年后，作者出差又回到了林区，他多么想与昔日的恋人见上一面，但现在他们都有了自己的家庭。他想，当初没把这朵杜鹃摘走，是怕她离开这里会慢慢枯萎，如今“不能以己之爱，夺他人更为强烈的爱”。二十年前，他留下了这朵鲜活美丽的杜鹃，二十年后他更不能去移动她，因为“带在身边，不见得比留下个长久的思念更珍贵”。

在《红豆熟了》中，一群男女青年开发得耳布尔林区，一起采集、品尝北国红豆，又一起为红豆赋诗写词。作者喜欢上了同品位同爱好的小D姑娘，分别后却没能再“第二次握手”。四十年来，每当看到红豆，思念之情就会油然而生。三九天的大森林里，他忽得一枚红豆，小D的“小酸样”立刻又浮现眼前，他立刻感叹：“啊，这三九天也冻不死的相思哟！”由此感悟到“世间唯思念最纯洁、最高雅，也最自由”。于是他大胆地得出了一个结论：“一个人的一生倘若不思念任何人，或不被任何人思念，那才是最悲观的呢！”

《杜鹃花开时节》和《红豆熟了》同是写思念的情感，而后者是肯定了一个结论，是对这种情的进一步认知。因为思念是人对美的强烈感觉在人的心中的顽强再现，毕竟这是人性美的表现，而不是罪恶，这种思念之情是压抑不了的。当然，这思念之情与时下有些男女“跟着感觉走”，毫无节制不讲道德的乱情、滥情甚至走向犯罪是不同的。因为前者是理智的、道德的，因而也是纯洁的，这也是人与动物的根本区别。而后者则是人性的倒退。

尹涵先生写男女友情与爱情，始终把握有度，因而他总是留有一份美好给自己、给读者，以滋润心头。这也与作者本人良好的个人修养是分不开的。尹涵先生写自己的夫妻之爱是从锅碗瓢勺、巴掌拳头、拌嘴、口角中溢出的。在《月亮还是那个月亮》里，他写妻子为了支持他读书习作，下班后，毫无怨言地包揽了所有家务。他心疼妻子太过操劳，有时主动下厨，结果不是饭做煳了，就是汤烧溢了。妻子也理解丈夫的这份心意，不仅不抱怨，反而安慰他，并解下丈夫的围裙，系在自己的腰间，劝丈夫去干他该干的事，为此丈夫一直感恩在心。尹涵先生喜欢饮酒，妻子每每为他买酒做菜，同时也少不了劝他“少饮壮神，过多损命”。在妻子的监护下，他喝酒总是适可而止，恰到好处。有一次在外与朋友喝醉酒回家，“头顶到床沿上，双膝跪地，昏然睡去”，妻子见状既心疼又生气，把他扶到床上后，掀开衣服，“照屁股就是三巴掌”。丈夫“无力反抗也不想反抗”，因为他正享受着“打是亲，骂是爱”的滋味。这些平平常常的生活琐事，充溢着他们平实而刻骨的爱。

《山间小路》写为守护山林而搬到山间居住的一对夫妻的感情。这篇是完全诗化的散文，不仅人物景物诗化，就连这对夫妻的对话也充满了意象：

> 妻拍着丈夫的肩说：“他呀，就是我每天从房门放飞的一只风筝，绳儿紧攥在我的手里呢！”
>
> 丈夫说：“不要如此道来，该说是你扯着这头，不是有时候我也把你提到山顶上去吗？”

短短的对话，把这对夫妻在护林生活中相依相悦的幸福生活展现给读者。

在《偷鸡不成，反蚀一把米》里，写儿子毕业了，久久找不到工作，父亲便从存折上取出仅有的1500元钱，让儿子跑趟黑龙江去做一次买卖，结果是血本无归，还欠了柜台租金。“老婆的唠叨，儿子的叹息，声声撞击着我的心……啥也不要说了，眼泪哗哗的。”在《儿行千里》里，写儿子做买卖失败后，过了大半年，又想出去跟熟人打工。可是到了外地，熟人的餐馆开业不顺利，餐馆不安全，儿子又患了感冒。老母亲整天叨叨，儿媳闷着头不说话，妻子阵阵腮边雨，急了，还用激将法吹吹枕边风：“听说你很能耐，也有名气，今天出本书，明天上电视的，怎么就一个儿子至今连个正经工作都没弄上。”“再说了，喝不上穿不上咋的，把儿子打发出那么远？”丈夫无言以对，嘴里只说“她观念尚未更新”，而心里却是“剪不断，理还乱”的世间缠绵，他辗转反侧，难以入眠。他想得更多：“石家庄多雨，儿子也没带伞；他的身体较弱，在外面谁给照顾呢……想着想着，眼角处偷偷流出一丝凉意，自知是泪。都说是‘儿行千里母担忧’，可我这做父亲的是怎么了！”及至儿子回来了，全家皆大欢喜，做父亲的又感慨万分：“观念可以更新，感情怎么能更新得了呢。”可怜天下父母心，“儿行千里”使父母家人牵肠挂肚，提心吊胆，也拽疼了读者的心。

天下父母哪有不心疼自己儿子的，何况还是独生子。在儿子到了娶妻生子的年龄还没找到合适一点的工作时，做父母的更是焦虑万分。他的心常常因没能帮上儿子而在歉疚中煎熬。人说“好哭的孩子多吃奶”，呼吁社会关注一下不哭不闹、不争不要的好人吧。

尹涵先生笔下的各种人之常情，都让他写得色彩斑斓，刻骨铭心，这也是他本人美好心灵的展现。

作者生活在大兴安岭，他笔下有写不尽的大兴安岭美景。同样是美景，角度各异，每篇都充满了哲理与思考，意蕴也各具奇彩。

《迷离五花山》写了纯粹的大兴安岭景色，那是一种美得让人流泪的大兴安岭情结，这种情结常常在秋日“莫名地萦绕在作者的心头”，我想这也是作者心头的美在流溢。

《无名谷遐想》写的是大兴安岭二支沟的美丽景色，它只是默默地美丽着，不求被谁推崇，只愿活出一个自然的自我。这也正是作者的人生态度。《红柳舞新风》是从另一角度写一种新的现实的自强不息的生存状态。《二读嘎仙洞》是写对一种固执、徒劳、钻牛角尖的顿悟和抛弃。《欣遇打碗花》是写一种药花从被人抛弃到认可种植，赞扬一种宠辱不惊的生存状态和宽厚襟怀。

莽莽大兴安岭，秀色无边，风情万种。作者没有去做文字“导游”，而是以他坚实深厚的文学功力和风行水上的创作灵气，把它写得纵横生风，旖旎无限，风骨铮铮，精气浩浩。

诚然，《西窗漫笔》里的散文，因大部分都在报纸副刊先发，受版面局限，有些散文情节不能任意展开，有“不过瘾”之感，因报纸所需，有些时政性的语言不能不直白，但终没有影响其散文的整体美感。

浅评张爱玲小说《金锁记》的思想、艺术价值

张爱玲女士是现代中国文学史上一位具有传奇色彩的作家，其文学作品在20世纪40年代的上海红极一时，许多专家及评论家对其作品的艺术价值给予了充分的肯定，其历史价值及思想价值也越来越被人们所认识。

《金锁记》的女主人公曹七巧是麻油匠的女儿，被哥嫂嫁给了一户富贵人家残疾的二公子，从此，在旧式家庭的鄙视中，在物欲、情欲、性欲的折磨中，一天天耗尽青春，从而导致心理变态、灵魂扭曲直至丧失人性。

张爱玲以她奇特的艺术才华，选取了七巧一生中饱含张力的生活片段，用最富有表现力的诗化语言、最凝练的文字技法，从不同的方面、不同的视角，细致地勾勒出七巧一生的风霜雪雨。在心理的刻画上，更是独具匠心地将七巧那种心的撕咬、流血和嬗变渲染得令人战栗。

小说的开始就是一个意象，用回忆的口吻写了三十年前的月亮，“……然而隔着三十年前的辛苦路往回看，再好的月亮也不免带点凄凉”。寥寥数语，一下子把一种感伤、苍凉的情绪传递给了读者。从月亮又引出了丫鬟们睡前的对话，时间凝成了空间意象，曹七巧卑微的身世以及在姜家受歧视的地位，通过丫鬟们的对话告知了读者。

此时，曹七巧还未出场，但大太太轻蔑嘲讽的一句闲话“年轻轻的妇道人家，有什么了不得的心事，每天要抽这个解闷”，传递出许多

可感的信息，我们隐隐约约地感知到曹七巧此时的心境、处境，知道她为了排遣烦恼，抽上了鸦片。接着，通过主人公曹七巧正式出场，从正面直接描写了她所承受的压力和对这些压力的反应。她一出场就话里夹枪带棒，抱怨房子不好，以此为引子发泄她心中多年的积怨。后又在妯娌面前毫无顾忌地抱怨了一通残疾的丈夫，还打听和编排小姑子的隐私。看没人与她搭腔了，又与小叔子调情。

后来，其哥嫂来探访，婆家佯装不知。七巧恨哥嫂把她嫁进了姜家，断送了她一生的幸福，便把自己在姜家受到的压抑、屈辱、歧视，一股脑儿地冲哥嫂发泄出来。发泄之后，却又翻箱倒柜，送了哥嫂许多东西。毕竟血浓于水，哥嫂不仅是她在这世上唯一的亲人，也是她回忆少女时代那段健康、美好的感情生活最后的一点维系。又爱又恨，我们看到此时的七巧身上还保留着些许正常人的感情。短短的一上午，浓缩了七巧在姜家几乎十年的辛酸生活。一个生活没有保障，随时可能受欺侮，没有安全感，前程灰暗却偏偏生性泼辣、要强、敏感、刻薄的曹七巧活脱脱地出现在读者眼前，使人隐隐地感到其性格与现实之间的冲突中潜在的灾难。

名分上，曹七巧是大户人家的二少奶奶，实际上却是弃妇。她被自己的家人抛弃，又被婆家抛弃，被爱情抛弃……每一次遭弃，都在她的心灵上留下了血淋淋的伤口。一生的屈辱和被鄙视，使她始终处在怨恨、不满、不安、孤独、压抑、焦虑、敌意、自卫和破坏等情绪中，像一股股暗流潜伏在人性的深处，为七巧人性的扭曲与嬗变埋下了一颗颗种子。

如果只是写一个受封建家庭及婚姻残害的女性命运，从而反映封建制度的黑暗，妇女解放的急迫等问题，写到此也可以了，但张爱玲的目的似乎不仅如此，她没有就此罢休，而是继续用她敏锐的笔锋，一层层细细地剖开一个女人的灵魂，对其在封建畸形婚姻中的心理裂变，即人性阴暗心理的激化过程作了深刻的剖析，使人性毁灭的悲哀与可怕赤裸裸地展现出来，重重地震撼着世人的心魄。

作为一个经济上不能独立的女人，七巧没有可依赖的肩膀，她要生存，要养育儿女，不得不撕破脸皮，拼命地争夺家产。为了争到这份家产，她苦苦守着"一堆没有人气的死肉丈夫熬着、撑着、忍着"，然而，冷冰冰的家产并没有给她带来安稳幸福，相反，她的心变得更加荒凉。为了守住这份她用诸多牺牲和痛苦才争得的钱财，七巧不得不终日算计，不得不疑疑惑惑，恐恐慌慌，不得不继续忍受牺牲和痛苦。她甚至怀疑自己的亲侄子也是为了图谋财产而故意引诱她的女儿长安，竟用刻薄的话骂跑了侄子。

"食色，性也"，是告子的话。"色"与"食"是并列的、同等的、缺一不可的，是人性的本体和源头。当然，这一思想过去被大大地割裂和掩盖了。金钱与物资是维系人生命的基础，但是，作为一个真正意义上的人，仅仅维系生命是远远不够的，人必须充分实现人性的另一面，才能真正体现人生的价值，才是立体的、全面的、完整的。否则，就是一个不健全或受到压抑和扭曲的人。张爱玲在小说中要向我们展示和强调的正是这一点。

七巧的人生悲剧，恰恰就体现在这一点上。哥嫂包办婚姻，是七巧人生悲剧的开始。为守住财产，七巧不得不一次次放弃人生最美好的生活内核，这是她一生悲剧的根本原因。七巧受情爱、性爱的强烈压抑，不是一朝一夕，不是三年五年，而是一生。自嫁到姜家就没有享受到正常的情与性上的关爱，她的性饥渴和性焦虑在其日常行为中不由自主地就流露出来。如七巧在妯娌们面前毫无顾忌地发牢骚："知道你们都是清门净户的小姐。你到跟我换一换试试，只怕你一晚上也过不惯。”再如七巧与小叔子季泽调情:“天哪,你没挨着他的肉,你不知道没病的身子是多好的……多好的……”话里透着她对健康身体的渴望。面对七巧的调情,纨绔子弟季泽也有些动心,但终因怕惹麻烦,而没有成功。十年后,当七巧真正成为寡妇,季泽主动来与她重叙旧情时,七巧“低着头,沐浴在光辉里,细细的音乐,细细的喜悦……这些年了,她跟他捉迷藏似的,只是近不得身,原来还有今天!”

这是七巧狭窄生活空间里的唯一的性爱目标,尽管季泽只是个游手好闲的纨绔子弟,但“她从前爱过他,她的爱给了她无穷的痛苦……多少回了,要按捺自己,她迸得全身的筋骨与牙根都酸楚了”。多少年来七巧对爱极度渴盼,如今终于有了回应,她感慨万千,激动不已,甚至愿意忍受他的坏而与他好。这一刻,七巧作为一个女人天性中最美丽本真的一面绚丽地绽放出来,长久以来被压抑的人性复苏了;这一刻,七巧恢复了鲜活,恢复了柔润;这一刻,也许是七巧出嫁以来,最纯粹地为自己活着,没有金钱,没有自卑,没有防备,有的只是女人的柔肠百转。但这只是一瞬间,一种本能提醒她,季泽的所有表白,也许是为了图谋她来之不易的钱。刹那间,人性的花朵凋谢了,充盈的生命干涸了,自卫的利剑刺向了季泽,那个刻薄、冰冷、坚硬的曹七巧又回来了,她“突然把脸一沉,跳起身来,将手里的扇子向季泽头上滴溜溜掷过去……”七巧终于又一次放弃了她唯一的情爱目标,生命的欲望在黄金的枷锁里又一次被扼杀了。这一次的放弃,使她滴血的心灵又一次遭受了无法愈合的重创。当季泽转身出去时,深深的失落和痛苦狠狠地啮噬着七巧的心,“被她打翻的酸梅汤沿着桌子一滴一滴地朝下滴,像迟迟的夜漏,一滴滴……一更……二更……一年……一百年”。这里,在此时此地的景物,被作者随手拈来作为意象、比喻和象征，使人仿佛感受到七巧那颗坠下去的心正滴着鲜血，沉重迟缓，却绵绵不绝，洒满了七巧一生的坎坷道路，洒满了整个旧时代漫长的历程。这寂寂的一刹那，使人感受到七巧灵魂深处那撕裂心肺的痛苦。情欲、性欲的焦渴与守住金钱的固执奇妙地交织在一起，将女主人公的身心层层包裹，就像小说的标题所昭示的——锁于黄金的枷锁中。

曹七巧在情欲和金钱欲的泥沼中挣扎撕拼，绝不会“鹬”和“蚌”兼得，因为钱是她的命根子，保住了钱，势必就会陷入情欲的焦渴中。一种本能使她“倏地掉转身来上楼上去……跌跌绊绊……她要在楼上的窗户里再看他一眼”。爱是不可能的，恨也是那么难。毕竟在季泽身上曾经凝聚着她对情与爱的憧憬和向往。她拼命地想抓住什么，却什么也抓不住。她贪婪地望着季泽渐渐远去的背影，心彻底地死了。此时，金钱欲和情欲在七巧灵魂深处的撕咬和挣扎达到了顶峰。张爱玲以其细腻、敏锐、富有魔力的描写和表现艺术也把这种撕咬、挣扎乃至死亡写到了极致。

曹七巧对于财富的狂恋，更反衬了她的一无所有，她的空虚，她对生存的不安全感。

“哀莫大于心死”，最悲哀可怕的莫过于人性的毁灭。七巧一生都在试图抓住什么，金钱、爱情、儿女、自尊……到头来，却一无所有，她变得失魂落魄，变得怪诞、自虐，也虐待别人，包括自己的亲生儿女。她敌视所有人，慢慢地，失去了理智，成了一头溺水的困兽。她拼命地想抓住身边每一根救命稻草不放，哪怕攥着这根稻草同归于尽。

她看着儿子长白想，“这些年来她的生命里只有这一个男人……他这一个还抵不了半个……现在，就连这半个她也保留不住——他娶了亲”。为了攥住儿子，七巧变态地要儿子整夜地陪自己抽大烟，套儿子说出与媳妇的夫妻之事，然后故意在亲家母面前张扬，以此来满足自己畸形的占有欲和报复欲。亲家母从此不再上门，儿媳寿芝因此郁郁而终。长白的妾娟姑娘扶了正，但过了半年便吞鸦片自杀了。

张爱玲在《金锁记》中写了不少女性，着墨最多的除了曹七巧，还有七巧的女儿长安。在黄金的枷锁中泯灭了人性的曹七巧，为了攥住女儿，不合时宜地硬给长安裹了脚，后来虽然放了，但那脚已不能恢复原状。还多次因为一点小事到女儿的学校大吵大闹，长安为了面子，只得退学。这次辍学，对长安稚嫩的心灵是一次沉重的打击。花季少女好不容易走出了阴暗憋闷的家，接触到了广阔的世界，过上了健康正常的生活，学校生活使长安精神愉快，脸色也红润起来。长安对未来充满了希望和幻想，却因为母亲不可理喻的干涉，美好的憧憬破灭了。张爱玲描写她此时的心情，又用了意象和隐喻——她半夜里爬下床来，用手摸摸窗外漆黑的天空，“从枕边摸出一只口琴，半蹲半坐在地上，偷偷吹了起来。犹疑地……细小的调子在庞大的夜里袅袅荡开。不能让人听见了，为了竭力按捺着，那呜呜的口琴声忽断忽续，如婴儿的哭泣，她接不上气来，歇了半晌……”意象和隐喻将长安痛苦、压抑却又无奈的情绪不动声色地传递出来，如庞大的夜，弥漫开来，无法冲破。

最不能让七巧容忍的是女儿的爱情婚姻。在深闺中苦熬了三十年的长安好不容易经人介绍认识了归国留学生童世舫，并定了亲。为此，长安戒了鸦片，振起了精神，“人变得异常沉默了，时时微笑着”。但是女儿幸福的表情触到了七巧内心深处的隐痛，七巧本人也未必意识到这隐痛的存在，但当她每每看到女儿沐浴在爱的光辉里，便不由自主地怒不可遏，使尽一切手段拆散了这段姻缘，还告诫长安：男人没有一个好东西，都是图她的钱。那点钱在七巧眼里被看得无限大，甚至超过了亲生儿女。为了不让财产流失，她不惜攻击所有可能危及其财产的人，直至众叛亲离。然而七巧这种对财产近乎疯狂的占有和悭守，只是其意识浅层的一种表象，或者说是她为自己不近常理的变态行为下意识寻找的一个借口而已。事实上，在其潜意识深处，这恰恰是对自己经历的非正常婚姻和遭受的歧视欺辱的一种疯狂的报复、偿还行为。

长安早就料到会有这一天，然而她所能做的只是无奈地、心如死灰地跟在童世舫身后，静静地送他出门，哀哀地埋葬了这段最初的也是最后的爱。从此，长安的生活一片漆黑，她断了婚嫁求生的念头，陷入了深深的痛苦和绝望中，重又吸上了鸦片，一直沉沦颓靡下去，后来俨然成了第二个曹七巧，重复着母亲的生活和生命。

悲剧的循环往复正是这篇小说的主旋律，长安的沉沦，正体现了这种循环力量的强大和无所不在。看似优雅闲适、道貌岸然的一群人，内心却极其空虚、无聊。他们各怀心事，互相嫉妒、鄙视、猜忌、仇恨、算计。他们屈抑着自己生命的欲望，却又在不动声色地扼杀着他人鲜活的天性。

都是些普普通通的人，都是些平平常常的琐事，都是人的最基本的欲望，在极平凡的生活岁月中，一个人的人性就这样于不知不觉中毁灭了。毁灭的人性散发着毒素，又在毁灭别人，周而复始，悲剧在循环上演……

文章的结尾又写到了月亮，重又回到了时间的意象。那看得见的月亮，无论三十年前还是三十年后都是一样的，只是一代一代的人在看不见听不到的时间的流淌中变化着，人性深处的暗流也在随着时间的流淌戕害着人们，这不能不引起人们深深的思考和警醒。

也许今人会问，长安作为年轻人为什么不离家出走，像“五四”新青年那样到社会中去寻求自己的人生之路？

我们不要忘了，张爱玲笔下的女人，都是晚清没落贵族的遗老遗少、太太小姐，依靠腐朽的遗产生活，没有一点谋生的能力。他们只知道面前的“这条路”，尽管这条路最终通向毁灭，但他们不想也无力扭转，一种惯性推着他们自知或不自知地走下去，除此之外，别无出路，只是按柏格森的“生命冲动”非理性地活着。他们在习惯的沼泽里过着苍白的生活，没有人气，没有激情，更没有创造。没有人能够冲出日常的罗网，他们只能身不由己地沉溺在森严、琐屑的礼法、算计之中，消耗着漫长而短促的生命，或从一个圈套到另一个圈套，谁也逃脱不了。长安是这群人中的一个，偶尔的一次挣扎，也是刚开始就已结束。

整篇小说共写了十几个女性，虽然身份、地位、贫富、处境各不相同，但命运却都透着腐朽、荒凉，没有人气。也许这是一篇关于生命毁灭的寓言，导火索始终是金钱欲。因金钱而滋生的种种思想、情绪、心态及种种邪恶，主宰着人们日常的行为，淹没着作为人应该具有的本性，毁坏着一切美好的东西乃至生命。

《金锁记》中的“金锁”暗示的是“金钱欲”无可置疑，因为小说最后也提到“三十年来她戴着黄金的枷”。但阅读是一种再创造的行为，好的作品给人以充分的想象空间，我们也可以把“锁”理解为束缚人性的各种观念、道德、礼法、习惯等。这些东西不仅牢牢地束缚着作品中的人物，也是现实中人的精神枷锁。曹七巧这一形象，反映的绝不是一个女人或一个寡妇的处境，而是一种普遍的人类的精神状态。

张爱玲的小说大都透着荒凉。她自己曾说，“那是因为思想背景里有这惘惘的威胁”，“惘惘”之后，却不能摆脱。荒凉的基调建立在对日常生活细节的描述上，《金锁记》把这种日常生活细节的描写，渗到了骨髓里，使这种荒凉振聋发聩，从而使读者的感受超越了文字的局限，产生了无限的想象空间。

张爱玲的文字充满了意象，她用心灵在写作，她的文字，给人一种神奇的质感，有诗一样感染人的魔力，这是她运用现代汉语文字的成功之处，也是张氏小说撼人心魄的重要原因之一。无论任何艺术，只有达到了诗的层面，才能真正称其为艺术。小说如此，电影、绘画、音乐等也是如此，只有具备了诗性的表达，才能脱离技术范畴而成为艺术。

短短的两万字，把一个女人一生的经历及感情上的酸辣苦涩刻画得细致入微，使读者感其所感，哀其所哀，深为其人性的颓变、异化和毁灭而震惊，这足见张爱玲驾驭文字的功底，这也是重新研究张爱玲作品的价值所在。

浅析侯贺林小说的平民意识和语言特色

评侯贺林老师的文章，对于我是件“仰之弥高，钻之弥坚”的事，因为侯老师是我的前辈作家，他的作品在全国乃至海外都享有很高的评价，之于我，只是拜读，从不敢妄加评论。只是这次是主编安排的工作任务，我只好斗胆在关公面前耍一下小刀了，希望得到前辈的担待和支持。

侯老师曾经是农民，做过民办教师，是一位从劳动人民阶层走出的平民作家，因此他的创作题材，多是信手从身边采撷的底层百姓的故事，其中大多数是弱者。他以寻常的题材刻画世相百态，揭示人生真谛，流露出一种浓浓的人文关怀，一种浓浓的平民意识，这与他的人生经历以及由此形成的人生态度和创作视角有着密切的关系。

无论哪个国家，哪个朝代，平民百姓总是占绝大多数，他们的生存状态，也代表着人类的普遍生存状态。正因为普遍，才容易被漠视。他们中的个体，通常都是弱者，最容易受到伤害。侯老师在生活中亲身感受体验着平民的生活，与他们血肉相连，呼吸相通，特别对平民中的弱势群体，有着强烈的同情心和爱心。苦难、窘态本无须回避。真正精彩的恰恰就是这些饱经生活碾压，却始终生生不息的平民百姓以及他们的喜怒哀乐、酸甜苦辣。侯老师写底层劳动妇女，写民办教师，写剃头匠、江湖艺人、赌徒、懒汉……他撷取的这些鲜明生动的个性特征，恰恰是人类共性的存在形式和表现形式，从中折射出的是整个社会、世态背后的深层意义。

《回家》中，写一位“大跃进”时期从南方嫁过来的媳妇，吃苦耐劳，善良淳朴，因为没钱，二十多年没回过娘家。为了攒够十一块四的探亲路费，她省出口粮贴成饼子偷偷拿到集上卖。就在她终于攒到了九元三毛七分，沉浸在与父母团聚的憧憬中时，被村干部以违法的名义搜了去，并用这血汗钱大吃了一顿。而就在当晚，媳妇上吊自杀了。对于媳妇的死，在小说的结尾只是淡淡的一笔。是夜，村干部用这“赃款”一起喝了一顿热气腾腾的羊肉汤。第二天天明，哭声就传遍全村：她在村前的一棵老槐树上吊死了。普通的人，普通的事，却振聋发聩，直刺心扉。在那个年代，一个人最基本最简单的愿望都无法实现。虚浮的形而上颠覆了人们的价值体系，一条鲜活的生命只值九元三毛七分钱，这种对生命和人性的冷漠，以及对人格尊严的践踏，不仅是弱势群体的悲剧，也是社会的悲剧。

《老师四忆》和《民师四记》通过教师面对种种不公正待遇的尴尬，写出了在那个知识贬值的年代，当权者对文化的蔑视以及老师的寒酸与卑微。然而时至今日，农村教育仍然是我国义务教育的薄弱环节。乡镇教师的待遇虽比以前有了很大的提高，不至于再为条裤子犯难了，但代表师道尊严的裤子和中山装，以及决定教师命运的“杠杠”，蕴含着深刻而精警的否定意识和理性批判精神，在今天仍有现实意义。

“平民化”是一种文学态度，以平民化的文学态度写小说，即使写权贵，也是站在平民的视角。《父母遗体》中，两个权贵人物为了各自的利益，为了他们的明争暗斗，竟把一个无辜的人打得皮开肉绽，还让其认为是罪有应得。欺压百姓，戏弄百姓，视百姓如草芥，这是历代权贵的共性，侯老师用他犀利的笔锋，无情地鞭挞着权贵恶势力，而把深深的同情给予弱者。

《周易》中有“立象以尽意”一说，引申到文学创作中，可以理解为通过身边平凡常见的素材，表达一种抽象的深层次的含义。

侯老师写平民得心应手，他的小说从内容到语言，有着很强的公众性和共同性，与芸芸众生有着共同的体验和经验，因而能够在较大范围的读者群里引起强烈的共鸣。没有切身体会，便不会知道老百姓的人生疾苦，侯老师与小说人物平等地、同命运地分享着生活，为他们哭与笑，歌与叹。这种长期蕴含在心灵深处的情感积蓄，加上一位有良知的知识分子的社会责任感以及对现实生活的深邃而敏锐的洞察力，使小说生成了遒劲的思想冲力和深厚的文化内涵。

侯老师的小说每篇不过千字左右，往往有人认为，千字小说写不出什么东西或写不出味。但侯老师的几百篇小说，篇篇都味浓意深，动人心弦。读时回肠荡气，读后震撼不已，回味无尽。著名作家林斤澜曾评价侯老师的小说：“短好，短难，正好需要长长短打的志气……再呢，由小见大，意义深刻，历史积淀……再呢，细节生动，语言有生活气息……”，“只雕一‘栏’，但意义深远，耐人寻味。写全了，写尽了，就没味了”。

侯老师惜墨如金，他的小说之所以精短，之所以能在极其有限的文字内传送出大量的信息，都要归功于他的语言功底。语言是文学的第一要素，是文学创作的基本功。不经过锤炼打锻的语言，触不动人的灵魂，打不动人的心。侯老师的语言之所以精练，不仅仅是因为他的学识，他熟练驾驭语言的能力和智慧，更得益于滋养他的土壤——民众。如他写貌不惊人：“个偏矮，人偏瘦，脸偏黄，眼偏小。”

(《江湖艺人》)再如描写刽子手砍头,“一砍砍一排,一砍又砍一排,一排排地砍”(《刽子手吴全胜》),基本上就是由“一”“砍”“排”三个字组成的不同的排列方式和修辞结构的三个单句,这都是老百姓最普通的日常用语,但将一个艺高心狠的刽子手杀人如麻的行刑场面,生动地再现出来。真是举重若轻!在人物刻画上,也多用白描手法,不加修饰,用最精练、最节省的文字形象细腻地勾勒出人物的轮廓。

侯贺林老师给我的印象是谦虚、平和、亲切。话不多,但一出口总是让人回味不已,会心而笑。文如其人,他的作品语言朴实无华、简洁凝练,没有华丽的辞藻,没有长篇累牍的议论,更没有故作高深、艰涩难懂的术语。读侯老师的文章,如听一位善“讲古”的老人唠着家常,舒缓从容,娓娓道来,亲切自然却不拖沓、啰嗦。平淡中包含着隽永,幽默中透露出睿智。在他不动声色的讲述中,一桩桩妙趣横生的故事,一个个姿态各异的人物,便如行云流水般活灵活现地展现于读者眼前。字里行间,流露出作者对世事沧桑、人情冷暖的洞察与豁达。没有渲染,不事张扬,却能让人一读再读,回味无穷。如《靴子和轿子》中,暴发户孔武几次三番想巴结前清遗老周翰林,无奈周翰林恃才傲物,耻于与之为伍,并斥其为:“这等小人,污吾耳目!”而当孔武受其老爹指点,不惜代价,从济南定做了一辆玻璃窗的轿子,还配了拉轿车的三匹好马送给周翰林作寿礼时,他“忽然面露喜色,忙站起身来,满面春风地吩咐家人:‘贵客来了,快请快请!’”。文章到此戛然而止,不动声色,不置褒贬,但周翰林表面清高,内里贪婪虚伪的丑恶嘴脸一览无遗,同时作者内心鲜明的好恶已跃然纸上,并传递给了读者。精、短这一特色在此也得到充分体现。

从侯老师的作品中可以看出其深厚的古文功底。小说的叙述有着文言文的言简意赅，与此同时，还时而闪现出生动的方言土语，如描写一个懒汉："得懒处且懒，得馋时且馋，高粱棵棵里锄草，地头锄罢了钻里边就把锄头卸了掖腰里拿锄杠杠干划拉，哄爹赛过长工哄地主亦如前几年社员哄队长。自然也有被爹当场拿住时，就地按倒朝死里揳，他就势装'死'，一'死'就能躺床上恣快几日，何乐而不'死'？"(《草儿青，草儿黄》)真可谓增一字而颓沓，减一字则不达。另外，像"烧熊包""半熟"等都是典型的鲁南地区的方言。两种看似风马牛不相及的语体，却如此和谐地融会在一起，交相辉映，丝毫不显得造作、突兀，反倒将人物烘托得更加鲜明、生动，极具艺术表现力和感染力，形成了独具特色、富有魅力的"侯氏语言"。

从阅读直觉来说，最明显的特点莫过于幽默。智慧不一定幽默，而幽默一定得智慧。真正的幽默需要人细细品味，然后会心而笑。侯老师文章里的幽默却俯拾皆是。"你住在屋里是民居文化，你穿起衣服叫服饰文化，你春节拜年叫民俗文化，你瞻仰庙宇叫鬼神文化，打打麻将叫民粹文化，跳跳迪斯科叫外来文化……如果你走进酒店，文化就是大海，而你就是这里的游泳健将：茶杯里盛着茶文化，酒杯里装的是酒文化，碟碗锅煲里装的是饮食文化……古人学文化头悬梁锥刺股，蠢得好笑，今天的文化在宴席上眨眼就可装一肚子，妙也不妙？……一到饭时，(饭馆前)大车小辆停了一片又一片，一派文化十分发达的景观。"(《烫驴》)幽默、诙谐，略带嘲谑，读此类文章，如饮一壶老酒，入口辛辣，但待酒在五脏六腑游走一番，再细品回荡于口鼻的余香，才觉回味甘醇、绵长，耐人寻味。

使侯老师的小说具有震撼力的另一个因素是坦诚，是剥去伪装的真实，那是一种质朴的述说，由心灵直接抵达心灵，由于距离的缩短和情感的加速度而引起心理的冲击力。这种述说是真实可信的，是普通百姓认可的，是生活中的寻常事件。而由此产生的社会效应却是悠远的、长久的、无穷的……如一条宽阔的大河，表面静静流淌，波澜不惊，但水下却是波涛汹涌，给人一种静水流深的感觉。

侯贺林老师写平民小说，是他世界观和人格的必然，他以一位正直作家的责任和本能，扬人间之善良，抨世事之丑恶，呼民众之所呼，喊民众之所喊，喜民众之所喜，忿民众之所忿。这才是当代作家难能可贵之处。

浅析文学期刊的现状及应对措施

立足本地、面向全国、繁荣文化市场、扶持文学新人、为广大作家和读者服务，也是文学存在和繁荣的一个标志。随着社会的进步和变迁，受多元文化、现代传媒、高科技阅读手段、浮躁的意识形态以及经济体制转轨引起的思想波动等各种因素的强有力的冲击，文学期刊市场不够景气。据中国作家协会介绍，我国共有各类期刊 9000 多家，其中文学期刊 900 多家，约占期刊总数的 10%，但这 900 多家文学期刊大部分正面临生存困境。这些令人心痛的数字表明文学期刊生存状况的举步维艰。改革势在必行。随着我国的经济体制向市场化转轨，从 2003 年开始，中央就“深化文化产业体制改革，推进文化创新”，陆续下达了一系列文件，出台了一系列政策，文学期刊也被卷入了体制改革的洪流中。一段时间以来，文学期刊的发展格局处于变动与不确定性状态中，其运行体制和生产方式也开始了脱胎换骨的改革。新形势下，文学期刊面临着一系列的新情况。

（一）文化市场回暖，文学呈现多元态势

文学既不复 20 世纪 80 年代的疯狂，也逐渐摆脱了 20 世纪 90 年代备受冷落的“边缘化”地位，回到了它该在的位置。文化市场回暖，文学呈现多元态势，新兴题材、风格、流派层出不穷，许多知名文学期刊纷纷推出“增刊”“选刊”，文学受众渐趋稳定，其划分也更具体化、个性化，如草根文学、小资文学、校园文学等。文学创作的队伍不断壮大,创作士气很高。这一趋势的直观结果就是稿源丰富,投稿量激增,但数量和质量并不成正比,精品佳作不多。特别是三线、四线的地方文学刊物,面临的情况有点尴尬:有点名气的作者不屑投稿,而大多数踊跃投稿的文学爱好者在文学修养、写作技巧、人生阅历等方面有待提高。

(二)资金来源渠道单一,办刊经费不足

期刊自身特点决定了它不可能像其他媒体一样拥有巨大的广告流量,广告收入相对于其他媒体,处于落后的地位。特别是纯文学期刊,其定位是小众市场,广告普及面窄,广告的宣传手段方式单一,出版周期长,更新慢,广告收入更是少得可怜。同时,文学期刊也不可能走娱乐期刊的路线,靠巨大的发行量来获得收入。因此,财政拨款成为维持其正常运转的最主要途径,但财政补贴力度往往太小,绝大部分文学期刊都面临着资金捉襟见肘的困境。而且随着我国事业单位改革的不断深入,许多学术期刊不得不从主管主办单位脱离出来,成为独立的单位法人,有的甚至转制为企业,实行市场化运作,直接断了财政资金来源。

由于经费短缺,在办公、印刷、通联等办刊环节中,处处感到掣肘,关键是很难约到一流的稿子,稿件质量上不去,刊物的整体水平就难以得到提升,更谈不上把刊物办成文化精品了。为了筹措经费,编辑不得不分出精力和时间,出去跑广告、拉赞助。由于文学性质与商业性质之间的矛盾,编辑必然会面临一方面试图保持文学期刊的纯洁性,另一方面又想尽可能多地寻找办刊经费的矛盾,并努力在社会效益和经济效益之间寻找一个平衡点,一不小心,一份很好的文学期刊就会因为商业性质太浓而偏离了自身纯文学的宗旨。因此,如何合理地拓宽资金来源，寻找维持期刊正常运转的资金是办好一份文学期刊面临的重要难题。

（三）文学期刊编辑队伍人才流失严重，人手不足，素质参差不齐

编辑素质决定着刊物的质量。在市场化冲击影响下，一些编辑将经济效益放在社会效益的前面，抛开文学路线的宗旨，迎合低俗趣味，甚至“一切向钱看”，追求感官刺激，编发庸俗淫秽内容的稿件，走入歧途，偏离了正确的舆论导向。还有的编辑缺乏应有的文化素养、业务能力和职业责任心，编发、校对的稿件错误频出。

目前多数文学期刊徘徊在亏损的边缘，编辑人员待遇不高，队伍不稳，继续教育和培养的力度不够，后备力量不足，高素质复合型编辑人才缺乏的局面并没有大的改观。编辑出版人员亟须学习先进的办刊理念，全面提高自身素养，学习国际先进的科学管理理念和编辑出版工作方法，提高工作效率和专业化水平。

针对上述文学期刊面临的新形势、新问题，应该如何应对，值得我们作长期深入的研究和探索。

第一，要始终坚持纯文学路线，找准定位，通过各种方式提升整个社会对文学的认知和阅读渴望，下大力气巩固作者和读者队伍。文学期刊追求的是思想和品位，担负着展示优秀文化、培养文学新人的重任，要为提升整个社会道德素质和自省能力，发挥其特有的精神净化的作用。不管风云如何变幻，文学期刊要始终保持一颗平常心，在任何困境中都坚守一份对文学的执着和热爱，捍卫刊物的纯文学品格。

要争取读者，那么文学期刊要找准定位，要有敏感的文学触角，同时文化品位既不能低于读者的审美情趣，也不能过于曲高和寡。

这样文学刊物才能在市场中占有一席之地的同时，形成强大的文化影响力。另外，还要积极利用媒体和各种宣传手段，如举办文化节、读书节等，在全社会营造爱文学、爱读书的氛围，形成有利于文学的积极的舆论导向，从而提升整个社会的阅读鉴赏水平以及“对文学的认知与消费欲望”，拓宽文学市场。另外，还可以通过举办笔会、座谈会等形式，给编读往来提供交流认识的平台，通过会谈、交流，激发作者们的创作热情和灵感，扩大作者队伍，减少读者流失。

作者和读者是可以相互转化的，培养出了作者队伍，也就是拓宽了阅读队伍。除做好知名作者的维护工作外，对待初学写作的文学爱好者，就需要文学刊物编辑具备更大的耐心和热情，要在扶植培养青年作者上，下更多的工夫，付出更多的心血，从各个方面指导、帮助他们。其实从某些方面讲，这也是一个相互交流、相互学习、相互提高的过程。

第二，在市场化背景下，多方筹措办刊资金，拓宽资金渠道。首先，文学刊物在走向市场、自力更生的同时，还是要积极主动地向政府和地方财政部门争取适当的扶持和保护性政策。比如，给予一定的财政补贴，在税收政策上对其实行免税或减税，等等。其次，在不违反办刊宗旨、不偏离正确导向的前提下，尽量拓宽办刊资金来源渠道，通过各种行政渠道或个人社会关系邀请相关政府机关、企事业单位、中高等院校等进行期刊协办或者栏目协办，也可以通过组织或者举办各种笔会、座谈会、论坛等方式争取经费支持。如茅台酒厂以协办方式与《人民文学》长期合作，与企业“联姻”，为那些失去了政府拨款陷入资金危机的期刊在市场出路的探索上提供了一个可行的模式。鲁南的地方文学刊物《抱犊》也同枣庄学院建立了合作关系，既为高等学府的文学爱好者提供一个学习、创作、展示的园地，培养了一批高素质的文学新人，同时也为办刊争取到了一定的经费，达到了双赢的目的。最后，随着文化产业体制改革的深入，以及文学期刊体制创新的逐步推进，一些专业性出版单位向集约化、集团化、规模化发展，成为一个大的趋势，那么文学期刊另一个行之有效的生存办法就是加入出版集团。以我们熟知的《读者》为例，作为已初具规模的期刊集团，它以市场需求和市场调节为导向，以现代企业制度为产业运作的基本模式，遵循期刊生产规律，逐步建立起产前、产中、产后完全的市场机制，初步实现了“一业为主、多种经营、综合发展”的产业化模式，实现社会效益的最佳化和经济效益的最大化。文学期刊在产业化道路的探索过程中也可借鉴《读者》的经验。

第三，建立一整套有利于人才成长的机制，提高编辑素质，调整办刊理念。要稳定、充实编辑队伍，吸引高素质复合型人才。一方面要努力创造条件，提高编辑人员的待遇水平；另一方面，建立一整套培养、使用、激励人才的机制。编辑的素质决定着刊物的质量和发展前途，高水平的编辑能始终坚持正确的办刊理念和文学导向，是刊物纯文学品格的捍卫者，同时能够给作者以针对性和启发性的建议，提高刊物水准。因此应该首先为编辑人员营造一个良好的工作、学习环境，通过培训、自学等途径，不断提高编辑人员的政治素质、文学修养、职业道德和专业知识水平，拓宽领域视野。此外，编辑要做读者和作者的知音，要本着为读者和作者服务的办刊理念，贴近大众，关心受众的需求，时刻保持对文学市场的敏感度，而不是高高在上，仅凭经济利益和个人好恶取舍稿件。

第四，文学期刊要办出自己的特色。一份刊物要有自己的特色和亮点，才谈得上存在和发展。作为纯文学刊物，中国特色是根本，同时它展示精英文化产品，传递文学信息，反映随着社会变迁不同的文学思潮和流变，给人以阅读的快感和心灵的陶冶，成为人们心灵栖息、休整的精神家园。因此，文学刊物有着不同于娱乐、政治、财经、学术等其他类型期刊的优势和特点。特别是地方性文学刊物，担负着丰富地方文化生活、繁荣地方文学创作、培养文学新人的重任。地域性是其局限性，但也是其最鲜明的特点。一个地区，总有其特有的、具有当地特色的风俗、人文、景物等，文学作品将这些鲜活的、原汁原味的东西通过艺术提纯、升华展示出来，不仅能提升外地读者的阅读兴趣，对本地读者来说也是看点之一，因为作者、读者大都是同地域的，甚至有的人相互之间还认识，因此作品中涉及的风俗、语言、景物、人物、事件……多是读者身边熟悉的东西，读来倍增亲切，别有一番滋味在心头。因此，文学期刊要充分发挥自身的优势，走特色之路才是出路。

文学是永恒的，文学期刊则在改变中寻求文学生存的更好的道路。新形势下文学期刊如何发展，是许多出版人以及作家、学者一直在探索的问题。但是，不管如何改革，如何发展，文学期刊都会怀着对文学的执着和追求，坚守纯文学阵地，保持自己鲜明的个性，不退缩，不放弃，大胆创新，转变观念，迎接挑战，中国文学期刊必将一片繁荣。

对提高期刊编校质量的一点体会

期刊的质量，决定着期刊的生存。编校工作是期刊出版的中心环节，也是决定期刊质量的关键环节。因此也可以说，编校人员的素质，在很大程度上决定了期刊的质量。为了出版高质量的书刊，从古至今，编校工作者们一直都在不懈地努力，作了大量艰苦细致的工作，并对编校工作进行了不懈的研究、探讨和改进，形成了一整套规范的编校理论和制度。多年来，我们遵循这一编校规范，并作了一些新的尝试，使刊物质量不断提高。回顾我们的工作，说一点不成熟的体验，供大家商讨。

一、编辑人员的素质

编辑人员的素质，直接决定期刊的质量，是办期刊的重中之重。因为期刊会涉及和影响社会的方方面面，因此，期刊编辑必须在政治、思想、文化、学识、才智、文字、职业责任、人格品位等各方面有较高的素养，否则，将不能保证期刊的质量。

市面上的期刊纷繁多样，就拿文学期刊来说，有的能给人以美的感受，让人看了回味无穷，给人以积极向上的思想启迪，使人长志气。而有的平庸低调，有的甚至低级庸俗，错误百出，给人和社会都会造成不好的精神影响。期刊不同的社会效应，直接反映着编辑人员的素质差异。有的编辑人员能主动与作者沟通，引导作者写出适合社会需要的好作品，而有的编辑人员却对作者冷淡疏远，导致稿源稀缺，来稿质量比较差；有的编辑人员能从众多的来稿中筛选出真正优秀的作品，而有的编辑人员面对好稿子却“不识庐山真面目”，或者把较差的稿子当成好稿子；有的编辑人员的工作状态是全神贯注，精力高度集中，而有的编辑人员却心不在焉，马虎敷衍；有的编辑人员善于学习各方面知识，特别善于学习新知识，而有的编辑人员却故步自封，清高自负。编辑人员的素质，决定着期刊的质量。高素质的编辑人员编出的期刊让读者百看不厌，倍受社会各界人士欢迎，销售量也不断增长。低素质的编辑人员编出的期刊平淡无味，其寿命也绝对是短暂的。

由此可见，编辑人员的各方面素质高低，决定着期刊是精品还是次品。挑选、任用和培养高素质的编辑人员，并不断提高编辑人员的各方面素质，是至关重要的。

二、校对人员的素质

校对人员的职责是依照原稿及设计要求在校样上检查、标注排版差错。因此，校对必须具备高度的责任心，树立严谨周密、一丝不苟的作风。

一个称职的校对人员，不仅要消灭排版差错，还要尽量发现原稿中可能存在的错误或疏漏，提醒编辑人员核实改正。可见，校对在现代出版工作中处于对编辑工作进行补充或完善的地位。从本质上讲，它是编辑工作的必要延续，是一种文字性、学识性的创造性劳动。校对人员素有“编辑后”之称。校对工作是出版前的最后一道把关，不能出任何差错，否则，将给期刊造成无法挽回的损失。因此，校对人员的素质与编辑人员一样，也是至关重要的。

校对是一项非常麻烦、琐碎、繁杂的工作，校对人员稍不留意或精力稍不集中，就会出错。它要求校对人员必须认真、细致、耐心，并全神贯注地去做好这项工作，直到消灭一切错误。

在外行人看来，一般有文化的人都能胜任校对工作。其实这种看法是片面的。这从校准率和校对效率及对错误的敏感度上，就能分出差异。素质高的编辑能很快辨别出版面的差错，一校过后基本上就能把版面上的差错纠正过来，二校清扫疏漏，三校基本上就没有什么错误了。而一般人常常漏下很多问题，也常常“以误改误”或“以误改正”。这样，五校、六校，甚至更多校还会有不少错，拖延耽误出版时间，致使期刊无法生存。高素质的校对人员不仅能对照原稿纠正版面差错，而且对原稿编辑的疏漏及编辑的不足能提出疑问，以避免问题。而素质低的校对人员只会“照本改字”，对原稿中出现的问题视而不见或持“事不关己”的态度。

社会对出版期刊的要求是不出问题，不出差错，否则，不能出厂。所以，校对人员必须有很强的工作责任心，必须有扎实的文字功底和相当宽泛的知识积累，才能承担起“编辑后”的重任。

三、我们对“编校合一”的尝试

根据各刊物的不同情况，采取科学合理的编校方法，是降低编校差错率、提高期刊质量的重要手段。

“编校合一”的校对方法，在我国古代的编辑出版工作中就已使用。先秦古籍中便有关于校雠的记载。至西汉，刘向在整理皇家藏书的校雠实践中，第一次归纳总结了校雠规程。刘向本人就是一位杰出的编辑。历代著名的编辑家，在编书过程中也总是把校勘文字作为自己一个重要的任务。随着社会的发展和出版量的加大及科技的进步，编与校逐渐分离，实现了“职有专任，学有专攻”。无疑，这使编辑工作和校对工作更加专业化，提高了编辑质量和校对质量。鉴于我们文学双月刊周期长，且大多数稿件是网上投稿等特点，对“编校合一”的校对方法，我们又进行了新的尝试，并收到了较好效果。

针对文学期刊文体分类明显的特点，编辑人员也分别负责校对自己分编的栏目，即“校对编辑”。小说编辑负责小说部分的校对，散文编辑负责散文部分的校对，诗歌编辑负责诗歌部分的校对。编辑人员在审稿的同时，也对稿件进行初校。小说部分的文字量大，可以适当增加小说部分的校对人手。三校以后，总编负责读校、核红及核对前后页码等。读校时，编校人员都要在场，不仅核对自己编校的部分，同时也核对别人编校的部分。这样专人校对、多人审查，既分工又合作，每个人既有主要责任，也分担刊物责任。编辑的“三审制”和校对的“三校一读”是必须坚持的最低限度的要求。“三审制”“三校一读”之后，还要核对文字，进行技术处理等。

这种“编校合一”的方法实施以来，我们明显尝到了以下好处。首先，编辑校对自己编的稿子，心中有数，对版面错误反应快捷、准确，不必时时对照原稿，降低了对照原稿所需要的转头率，提高了速度和质量。其次，对原稿可以作进一步的审查，对疏漏的部分和新发现的问题可以再编辑和定夺，省去了转交他人修改的来来往往的麻烦和时间。再次，这种明显的责任到人，无论谁，一旦发现问题，都可以直接找到责任人，便于大家共同监督，同时，也有利于加强编校人员的责任心。最后，“编校合一”可以节省许多开支。因为排版校对等工作在编辑部都已完成，只需付印刷装订费即可。

“编校合一”的校对方法，节省了许多中间环节，使校对速度和校对质量都有很大提高，每期稿子校对所占用的时间很少，加之双月刊周期长，丝毫不会影响下期的组稿和编辑工作。这样，又充分利用了有限的经费和人力资源。“编校合一”的校对方法，对出版周期长并使用电子投稿和电子排版校对的期刊而言确实是值得借鉴的好方法。

诚然，“编校合一”作为出版行业中独具特色的一种工作模式，其优势和弊端并存。它要求校对编辑必须具有较高的学识水平，对期刊的编排规范也比较熟稔，而编辑人员往往欠缺专业校对知识，容易出错。因此，“编校合一”对现代校对编辑提出了新的要求。首先，校对编辑要努力提高自身的编辑素质和能力水平，在广度和深度两方面都要下苦功，既要有深厚扎实的文化修养和语言文字基本功，同时，还要广泛涉猎各个知识领域，不断积累，成为“杂家”，优化自身知识结构体系。其次，校对编辑在原有的编辑原则和校对技术的基础上，必须能熟练掌握并管理使用现代电子文本、编校及排版方面的软件和工具。同时，培养良好的职业道德和政治修养，练就稳定的心理素质，增强责任感和事业心，严格遵守编辑、校对程序制度，也是保证期刊质量的重要因素。

随着高科技在出版界的应用，编校工作者们还会不断摸索探讨出新的更便捷、更准确、更实用的编校方法，来保证出版物的高质量，以促进编辑出版工作的进展，推动社会的进步。

谈谈文学期刊的人气问题

文学是人学，文学期刊离不开人的关注、关心、支持、参与、研究和探讨。一个文学期刊，能否吸引越来越多作家、学者、专家及文学爱好者的关爱和积极撰稿，能否让更多的民众由关注者逐渐成为文学爱好者、参与者与积极撰稿者，关系到刊物能否保持旺盛的人气。旺盛的人气，浓浓的文学氛围，是打造优秀作者、优秀作家的环境，更是刊物优质稿源的根本。而高质量高水平的稿源，是刊物生存的根本。因此文学编辑和从业人员的工作，应该紧紧围绕如何提升文学期刊的人气问题动脑筋，并开展各项工作。这里就三个方面，谈谈笔者从事文学编辑工作的一点体会。

(一)提高编辑自身的素质和水平，使自己适应和胜任各种工作状态

首先，文学编辑必须心中有整体目标，能围绕整体目标开展各项工作。如果把文学期刊比作拱桥，那么编辑工作就是寻找它，定义它，选择石头打造它，把每一块石头按照力学的原理排列在受力的部位，使其恰到好处地支撑拱桥的过程。拱桥的坚固与否，取决于编辑选择的石头是否坚固，对石头的排列计算是否合理，任何一个偏差都会造成拱桥的坍塌。一个称职的编辑，心中首先要有期刊的整体观念，把握好目标导向，认真地做好运筹、策划、人脉、选稿、组稿、谈稿、

改稿、排版、校对、发行等等一些具体工作。对这些工作，要有一定的整合能力，哪一个环节出现问题，都会造成严重的后果，因此，不断提高编辑的编辑能力和整合能力，使其具备最基本的整体意识，是必须的。

其次，文学编辑必须知识面广，有较高的文学素养，能把握时代的脉搏，敏锐地洞悉在反映生活、升华人的灵魂等精神层面上有价值的作品。在来稿中，有些作品看起来很朴实，语言上土气、随便，但仔细读一读，这有可能是一篇很能反映人生、社会、生活哲理的好文章；有些作品语言包装得很华美，很新潮，但读完感觉并没有多少新意，没有多少思想内涵，也没有感人和回味之处。如果文学编辑没有一定的文学素养，解不透作品的内涵，就避免不了弃好纳拙的情况。一份文学刊物，时常有几篇味同嚼蜡的文章，在读者群中会大大降低读者对刊物的信任度和喜爱度，会挫伤优秀作者的投稿积极性，直接影响刊物的质量，使刊物难以生存。

在来稿中，作品为了能更好地揭示出自己想表现的思想内涵及情感等，在创作技法及语言的运用上，各有自己的风格特点，有时会形成一个时期一个阶段的文学流派，文学编辑必须不断探究各流派和各种风格的作品，避免用一成不变的标准去衡量作品。虽然新编辑不能一上来就轻车熟路地进入状态，但文学编辑一定要先懂文学艺术，懂文学创作，最好同时也是优秀作者，敬业爱业，并在工作中要不断学习，不断探究，积极努力地工作，这样才能不断提高自己的文学素养，才能很快地驾驭各种流派的稿件，在众多的稿件中作出正确的选择和准确恰当的点评及引导。

最后，文学编辑必须有较高的文字功底。一篇文章，如果时有错别字出现，也是令读者大跌眼镜的事，至少它反映此刊物的编辑及从业人员的责任心不足，对工作不够严谨，更能直接反映编辑及从业人员的业务水平和能力。这不仅影响刊物的整体质量，甚至会造成严重的不可挽回的社会影响。因此，一个称职的编辑，在审稿时，不仅要关注文章的思想内涵、语言结构、风格特点等诸方面，还要时时注意文字和标点符号的运用，发现错别字，在审稿时能及时更正，对拿不准的疑难问题，要及时查工具书或请教别人。总之，要认真对待稿件，认真对待发行出去的白纸黑字。一名文学编辑，对刊物对读者的责任心是必需的，有了对刊物对读者的责任心，才会有认真的精神，有了对工作认真的精神，才能对文字及符号产生职业性的敏感，有了职业性的敏感，即使是一个逗号用得不够严准，也能及时发现并处理。这样，才能达到一个优秀编辑的水平，这也是提高刊物人气的根本。

（二）文学编辑必须坚持以人为本

要提升文学刊物的人气，文学编辑及从业人员必须树立以作者为中心、为作者服务的理念，真心实意地对待他们，认真负责地帮助他们解决在写作及生活中遇到的困难，与他们交朋友，以更多地发现人才，培育人才，共同打造刊物，把刊物办成联系作者、凝聚作者、培育作者、服务作者的纽带和园地。就这个问题，谈谈以下五个方面的工作。

1.建立作者信息数据库

既然刊物是为作者服务的，周围就要拥有一个庞大的作者队伍，对新老作者，对不同层次、不同水平、从事不同文学类别写作的作者，对重点作者，对作者写作水平提高进步的情况等，都要随时掌握，以便使这支队伍能更快提高。高水平的作者队伍，是刊物保持高质量的根本，也是文学刊物的价值和资本。

2.认真负责地对待来稿

刊物每天都会收到大量的来稿，如果因编辑人员少，不能对每篇退稿一一作出详细点评的话，最好能够把主要问题回复给对方。这个工作可以由实习编辑做，但编辑也应时时留意这些作品中存在的主要问题，在适当的时候进行总结，把退稿中普遍存在的主要问题一一列举出来，发表在刊物适当的地方。编辑应中肯地鼓励作者，建议他们在以后的写作中把握好方向，以便不断提高作者的写作水平。对有发表价值但还达不到发表要求的作品，要及时与作者联系，向他们提出意见、建议和要求，也欢迎他们提出不同意见共同探讨。要尽量实现无障碍的交流，这样才能弃错求真，共同进步。

3.经常举办作品讨论会

对一些优秀作者的作品及一些有争议的作品，可以经常组织举办作品讨论会，对优秀作品的特点及争议作品的争议点，畅所欲言，取长补短，争取达成共识，建立正确的价值观，达到共同提高的目的。

4.举办文学讲座

经常请一些较高水平的作家讲课。一些在小说、散文、诗歌界有名望的作家，以及被公认为在文学创作上有很深的造诣，对社会的洞察和认知高屋建瓴的作家，常听他们讲课，能够对作者的写作水平和艺术水平起到质的提升。

5.经常组织作者参加社会活动

组织作者参加采风、春游、爬山、旅游等社会活动，可以开阔作者的视野，拓宽知识面，深化生活领域，使作者充分感受大自然的美妙。同时，通过这些活动，也能增进编辑与作者之间的感情，对凝聚和巩固作者队伍都是非常必要的。

6.多渠道联系

大部分作者都是在业余时间写作，他们工作忙，家务累，不可能经常往编辑部跑。编辑可以通过网络，借助微信、电子邮箱等经常与他们联系、问候，与作者进行文学方面的交流，了解他们的写作及发表作品的情况，避免长期不联系而失联，造成作者数量减少。如果编辑对他们不管不问，不主动联系，许多作者一忙起来很容易放弃写作，使建立起来的作者数据库徒有虚名，前功尽弃。

（三）组稿问题

每期文学期刊，除了培养作者，给作者提供发表作品的园地外，一定要有一大部分在思想艺术上有分量，能紧贴时代脉搏的高质量、高艺术水准的导向作品，以使读者看了久久回味，感觉是一种精神上的享受，灵魂上的陶冶，潜移默化地接受的满是正能量。这仅靠本刊物作者数据库作者提供的稿件往往是不够的，这就需要编辑走出去组稿。

组稿的方法和经验很多。一是可以拜访名家，与名家建立友谊，也可以把他们请过来，讲课、开座谈会、交流，让他们了解本刊物并多提宝贵意见和建议，然后向他们约稿。他们眼界宽，境界高，对社会对生活的洞察和感悟深，认知透。每期刊物，这样的作品是不能少的。二是要善于在众多的文学刊物、网络等渠道发现那些不知名，但作品有特色、有较高的思想艺术水平的稿件，顺藤摸瓜，与作者取得联系并建立友谊，以便让他们长期向本刊物投稿。有这样一批作者群的支持，也是文学期刊的绝好资源。

一个高质量的文学期刊，先要人气旺，人气旺则期刊活，否则，一切都无从谈起。高质量的文学期刊，旺盛的人气，必须由每一位编辑用心地、努力地、脚踏实地地做好从整体运筹到人气提升到文字符号等从大到微的每一项具体工作。每一项工作都不能出任何偏差。这实在不是对文学编辑的苛求，而是高质量的文学期刊必须达到这样的要求。

诗歌

行走的足迹

（一）情志篇

您是树

——献给我的老师

您汲取大地的乳浆，
输送给枝叶花果。
您托起绿色的希望，
让其沐浴五彩阳光。
您伸展树的枝掌，
呵护您掌心的果酿。
您招来风的乐响，
引奏果心的华章。
果离开枝头向树拜望，
您的根仍往泥土里抻，
果心一亮，
那是又一片丛林绿浪。

大海·小船

——给一位导师

小船驰骋大海扬着白帆。
大海赞小船：
你好豪迈好浪漫！
小船说：
那是您层层浪花推拥向前。
大海欣赏的眼光向上缓缓：
你扬起的白帆飞舞翩翩。
小船很自知说：
也就那一点美艳还时时彰显，
而您掀起的巨浪却震撼云天。
大海平息浪涛洗耳聆听：
你足音如诗如歌委婉。
小船莞尔一笑：
那是因您扬起的微澜和声不断。
大海：
你驰骋千里如梭似箭。
小船：
也没驶出您碧水一湾。
大海轻荡着无边的水面：
你遨游天下如戏如玩。
小船湿润了美丽的双眼，
面对大海情深绵绵：

那是您心胸宽广大爱无边。
大海扬起细浪的手臂，
搂抚着船舷背肩，
期冀而赞叹地说：
你依于海而高于海鸿志高远。
小船无限崇爱地说：
小船与大海无法比攀，
您博大深沉恩惠天下，
功盖千古绝美宇寰。

魂归微山湖

百里微湖水碧旎，杨柳婆娑抚湖堤。
我在湖畔放魂魄，追梦去回足不惜。

全新的我

昨日的快车，
骤然间停下。
惯性中，
我与自己分离——
当带血的足迹消失后，
我惊喜地找到了
一个全新的我。

登黄山

（组诗四首）

黄山开路

峭壁多险数黄山，登山堪比上天难。
华夏儿女志高远，绝壁开路能登天。

云天登黄山

山高入云不见顶，云中隐见楼阁擎。
树藤绕山飞瀑下，清泉耳边响咚叮。

欲脱凡

黄山连绵入云端，山路无尽弯连弯。
山中人家如神仙，我在此山欲脱凡。

迎客松

拨云驱雾至山中，抬头惊见迎客松。
苍翠挺拔频招手，助我圆梦去天宫。

转

天兮地兮，
转则存兮。
人兮物兮，
转则生兮。

清梦

月照船头酒朦胧，星河疑似天空中。
悠悠小船驾云飞，满船清梦已腾空。

我的家乡微山湖

（组诗三首）

一

微湖水长向天齐，柳梢缠绵湖水依。
碧波滚滚千帆过，带我梦魂腾空弥。

二

微湖百里荷花艳，鱼虾莲藕水底满。
鸭鹅戏虾水花泛，岸边稻花香飘远。

三

微湖水长接北南，运河水道湖中穿。
南茶北珍频如梭，湖人挽袖把天连。

孤

冷月寒江崖松挺，孤舟一人有笛声。
不见当年和笛女，风卷雪飘落船灯。

共此情

东山雄臂举月明，朗朗天空如明镜。
月圆人亲家和兴，但愿乾坤共此情。

英雄魂

岱庙有柏松，枯于战火中。
振臂向天吼，死亦凝鬼雄。

好心情

（组诗）

一

人人心中有路径，宽窄长短自己定。
阳关大道通幸福，心小路窄误前行。

二

人生本应好心情，常有阴霾障光明。
眼量放宽不计较，化解烦恼心里净。

三

人生匆匆为谋生，功名利禄不可争。
心宽体健人之重，活出一生好心情。

秋和叶子

您用神奇的手，
把叶子由浓绿抚成金黄。
您用深情的吻，
送叶子
登上遥远的旅程。
当风把叶子
带走的时候，
发出唏唏嗦嗦，
哗哗嚓嚓的声响。
如泣如歌，
如蹈如舞。
悲恐中，
叶子看到了
流动的美丽；
透过冬，
也依稀看到
翠绿的自己。
叶子感到了，
天地万物更换的生机。
于是，
叶子融入泥土，
愿做一次苦旅。
而您——秋，

纵身于初冬的风中，
蝶化来年新的秋韵。

飞翔

即使天上没有太阳，即使身边云雾茫茫，
即使前路山高水长，张开翅膀也要飞翔。

遥望

——为朋友的照片配诗

茫茫夜晚，
星光璀璨，
静静的湖边，
您翘首遥看。
是遥望远方的亲眷，
还是遥望角楼的灿烂？
噢！您是遥望无边的梦幻！
静静的湖边，
您翘首遥看。

天净沙·醉夕阳

小船碧水荷花，
柳岸禾田人家，
绿道微风宝马。
夕阳西下，
陶醉人忘归家。

莫负人间走一遭

天地茫茫大无垠，人是世间一浮沉。
天时地转人易老，莫负人间走一遭。

放飞心魂

您从艳美的秋天走来，
扬着绚丽的风采；
您在温柔的秋阳中伫立，
透着阳光的气脉；
您在仰望中凝神，
那是您梦中的精彩；
您在蓝天下健步，
放飞心魂不再徘徊。

钟声悠扬

山巅有峰千丈高，藤缠树绕入云霄。
云中有寺钟鼓响，悠悠扬扬美魂窍。

小小书斋

（二首）

一

小小书斋面朝阳，千古世事斋中藏。
闲时静观风云变，动时泼墨撒衷肠。

二

书斋虽小真理藏，提笔挥毫正气荡。
进门带入风雨声，出去墨香四方扬。

大兴安岭之树（组诗四首）

——致尹涵先生的《西窗漫笔》

根

不在乎身位升降，
您一味地向下扎根。
不求功名显扬，
拼命为枝叶花果汲取琼浆。

干

不是骄傲自狂，

您头颅高昂是为枝发叶长。

不是争高比壮，

您高耸入云是让青枝绿叶沐浴阳光。

枝

不想显摆张扬，

您伸展臂膀只为托起绿色的希望。

不是摆姿弄样，

您舞动枪棒是呵护花果不受害伤。

叶

不是为领先争抢，

早发翠芽是等待花的开放。

不是招摇浮荡，

招蜂引蝶是为唱响花心的华章。

不是啊不想，

在不是不想中，

大兴安岭绿潮荡漾，

您高擎绿色的火把冲浪。

坚守

若为苍鹰，
不与鸟鸣。
欲做小草，
不妒树挺。
尺有所短，
寸有所长。
人各有志，
坚守才行。

情结

人类从丛林中走来，
心却在回归，
那里是始祖的家园，
那里是人类的摇篮，
那里是母亲，
那里是人类的情结。

赞幽默语录

幽默语录高智商，言简意赅哲理藏。
深入浅出人生道，开怀醒脑心清爽。

大树悬空

（三首）

一

峭壁蓝天树悬空，干挺枝茂郁葱葱。
为现擎天凌云志，崖壁纵深把根拱。

二

远看大树悬壁天，近看根融深崖间。
双峰夫妻齐历练，大树方能擎住天。

三

巨柱峰巅树擎天，树下一寺有天眼。
有朝一日凌寺中，仙灵助你力无限。

清月枯树

秋暮夜风枯枝摇，梢头执留绿叶拗。
清月仆仆拥树怀，惊鸟鸣蝉瞬间闹。

痴情女

——看图写诗

独卧江舟望冷月，苦等舟上摇橹哥。
时光匆匆流水过，红颜退尽念不绝。

夫妻峰

两峰夫妻亲密密，突然上天将峰劈。
从此两峰咫尺近，终生相守不能亲。
冰寒日晒风雷淫，相互对看急在心。
幸好老妻孕一树，树大自连一家人。

荷塘恋

十里荷花依水面，岸柳轻轻抚微澜，
小船塔影醉欲仙，你倚湖栏忘归还。

脱尘凡

满塘荷花舞水面，蓝天白塔祥云缠。
靓女红裳魂欲飞，仙子驾云脱尘凡。

擎天柱

巨柱一山入蓝天，云缠雾绕藤蔓揽。
荆蒿深处有人攀，勇者险峰寻极观。

游龙床水库

（三首）

一

龙潭水深深千丈，龙床曾经龙王躺。
龙池水碧如我镜，龙河两岸果蔬香。

二

龙潭水面映青山，瓜果李桃色斑斓。
巨石河床开小渠，世世代代润禾田。

三

龙河瀑布飞流下，山水世代流哗哗。
如琴如歌唱不完，孕育龙村千古画。

白际游

（组诗）

一

节假三天心欢喜，背上行囊去白际。
古道艰难长无尽，誓达目标志不移。

二

山花奇石伴我行，流水绕林唱春风。
飞鸟翩翩枝头弄，我心随鸟亮歌声。

三

山路幽幽伸向南，树大林密百花艳。
石屋老汉来演讲，原是义务护林员。

四

幽幽山路向东转，三面峭壁好威严，
路隘苔滑难行走，脚疼腿酸囊滑肩。

五

咬紧牙关慢慢攀，一步一步总向前。
小女十岁难不倒，重囊背肩跑在前。

六

登上山顶云蒸霞，白云生处有人家。
驻足见人喜相迎，喝茶歇息如自家。

七

谢罢主人把路赶，两边瀑布如琴弦。
如珠如丝如交响，伴我激情云中翩。

八

放开歌喉随琴弦，群山绵绵和声延，
穿云入霄飞九天，引得神仙下尘凡。

九

徽道始于宋高年，徽浙商贾来往繁。
明有商人铺石路，两地经济速发展。

十

徽开古道通浙江，为了生活奔波忙。
今开大道通天堂，不忘小道是启航。

十一

太阳当头汗淋淋，肩上背包又感沉。
溪边小店有树荫，补充能量正可人。

十二

山道绵绵向东延，日头已经向西偏。
浙江地盘依稀见，屈指行程六十三。

十三

绵绵山道未到头，古道风景没看够。
细听古道车马响，还有梦想在后头。

中华腾飞

日出天边血一片，日上山头龙腾展。
旭日冉冉云海翻，铮铮中华擎天站。

天女散花

景山美景甲天下，景中牡丹花最佳。
艳花簇拥一美人，疑似仙女来散花。

晨醉

雨后清晨打开窗，迎面袭来一阵香。
探身窗外四下瞧，满目蝶花映朝阳。

雪落无声

晨起惊见雪花扬，大地瑞雪白茫茫。
雪下万物生机旺，润美天下无声响。

赏雪

玉枝银花满处开，簇拥寿人健步迈，
花前雪下童颜撒，人花互赏两悦怀。

又游九间棚

昔日山路行走难，桃李满山自腐烂。
今日大道通山顶，百里鲜桃运不完。

追梦

忙里偷闲去云南，大好河山任你览。
花海人心相映美，放飞心情追梦缘。

草药姨

哦，草药姨，
你幼年随创业的父母，
来到了山里。
“发展中草药事业”，
是你懵懵懂懂的记忆。
你经历了山里孩子的劳作和快乐，
又经历了失去双亲的悲痛，
也经历了山民的温暖抚慰，
更经历了被丈夫抛弃的痛苦和屈辱——
啊！伟大坚强的女性，
你用涅槃重生的毅力，
挤出一片生机，
你取绿色的火焰，
点燃生命的渴盼。
你用长满老茧的双手，
开荒山，造绿林，
扩基地，建公司——
如今，你中药材公司的
系列品牌，
已惠及国内外的众多百姓，
你实现了父辈的夙愿。
你造福了一方百姓。

可你默默无声，
自得于一位村妇，
面朝黄土背朝天，
做自己想做的事。
中国因有你一样的人而兴旺，
中国因有你这样的精神而富强！

好朋友

天南地北好朋友，寻梦园中来聚首。
聊今聊旧聊美梦，相互鼓励别停留。

好姐妹

百花园中好姐妹，天南地北来相会。
心心相印手拉手，人花相映美绝伦。

忙里偷闲

忙里偷闲去公园，处处美景乐心间
百花夹道喜相迎，心旷神怡飘欲仙。

雨雨生日感怀

（组诗四首）

来人间

戊子一十二年前，暑雨倾盆天地间。
忽然一声啼哭传，宝贝雨雨来人间。

好孩子

雨雨是个好孩子，好学爱干肯努力。
知恩图报达事理，善解人意有出息。

步步稳

雨雨自律少靠人，善学苦练不离身。
胸有宏志心智高，脚踏实地步步稳。

报双亲

今日大雨又倾盆，小小雨雨将成人。
不忘爹娘教养苦，立志成才报双亲。

雨天

清晨锻炼好习惯，听歌学唱身心欢。
晨降春雨斗室坐，原来雨天也心欢。

映海棠

海棠鲜花年年开，花开喜迎贵客来。
人花相映心相悦，但愿人间春常在。

游矿山公园

（组诗）

一

这里原是老矿山，火车拉煤源不断。
各地建设离不了，为国为民立功劳。

二

矿山开于光绪年，峄县乡绅出资办。
历经沧桑百余年，苦辣酸甜后人传。

三

优质煤炭出百年，两千年底使命完。
留下矸石一座山，黑黑乎乎占地盘。

四

公元二〇一五年，矸山不再冒黑烟，
优质黄土厚厚盖，矿山要建大公园。

五

公园方圆五十里，矿工雕像前面立。
煤炭出井变乌金，全由矿工血汗洗。

六

长廊旁边是湖泊，湖面游船拨清波。
青山绿树水中映，引得彩鱼戏微波。

七

白玉拱桥慢慢行，浓荫小路来接迎。
花树妩媚送暗香，飞鸟啁啾把我领。

八

山坡赤壁记矿史，矿工维权上青史。
不达目的誓不休，自有中共在支持。

九

林荫尽头是石林，石林也是矿工魂。
手手相扣肩并肩，昂首挺胸斗敌人。

十

上山建有路两条，护栏扶手阶阶高。
绿树成荫花草香，廊下亭前细观赏。

十一

登上山顶地方宽，山顶长廊通两端。
枣矿大楼搬山顶，站高望远览全园。

十二

极目放眼四下看，南起新楼通北山。
矿工人人住新楼，党的恩情记心间。

十三

公园建设齐努力，枣矿出人又出力。
国家出资近两亿，首批纳入国非遗。

十四

矿山公园任你逛，不忘以前旧模样。
青山绿水金银山，矿工精神代代扬。

放下

缘起缘灭缘终尽，花开花落花归尘。
放下应是明智选，柳暗花明又一村。

花中小伙

快递小伙进小区，满园鲜花赞嘘嘘。
身在花中雅兴起，彩扇飘飞舞栩栩。

人与自然

绿树鲜花满园，小桥流水潺潺。
蝶飞鸟鸣悠悠，人与美景永伴。

天涯小花

天涯海角小花艳，不妒名花摆堂前。
无人欣赏独自芳，我愿伴花到永远。

新来小弟

新来小弟莫要急，幽默打趣全靠你。
一图一字寓意深，乐至心底余味弥。

荷花姑娘

十里荷花婷婷立，玉颜罗裙舞姿旋。
采莲姑娘花丛唱，欲寻姑娘眼睛迷。

最美情

世上万物皆有灵，花世人间灵相融。
灵灵相悦心相系，便是天下最美情。

师恩难忘

桃子成熟甜又香，知道树根深又长。
学生写诗老师赞，不忘老师灯下忙。

蝶恋花

十里荷花婷婷立，绿萝霓裳舞姿旋。
玉质红颜迎彩蝶，花香蝶依醉意弥。

太短

往昔是美好的，
只是太短，

短到一动即逝。
人生是短暂的，
短到来不及品味童年，
就已经白了头。

夫妻看远

——为一对农民夫妻的照片配诗

大海蓝天际无边，夫妻昂首望远看。
花红果绿勤耕耘，足立大地心系远。

人花难分

远看荷花婷婷立，玉体红颜美无比。
细看花中有母女，人花难分美绝丽。

天神护花

远看花拥天神降，手中鲜花空中扬。
近看李哥云梯站，双手飞舞修花忙。

聚美头道汤

当归灵芝墨旱莲，五道汤揉头颈肩。
纤手优技入心暖，造福世人聚美先。

师姐

远看村姑花衣裳，辫子垂胸粗又长。
近看方知是师姐，向我招手好阳光。

一位朋友

你笑容微微，比鲜花更美。
你言谈诙柔，比阳光更媚。

姐花难辨

三九严寒百花煞，冬阳正照我姐家。
满室繁花艳似锦，难辨是姐还是花。

花随人

寒冬腊月百花凋，姐家却是繁花耀。
为何花开独这好？花随主人心相照。

问候

有一种遇见，
不在眼前。
有一种陪伴，
不在身边。
有一种温暖，
不在气候。
有一种牵念，
是问安每一天。

真真假假

红白黄紫郁金香，发给朋友共欣赏。
朋友直说是假花，假到真时真亦假。

心花

鲜花开满苹果园，浓艳芬芳沁心间。
赏花没忘种花人，心花开放更鲜艳。

小区抒情

玉树红花美景耀，高手才情拍艳照。
引来业主诗情发，仙歌雅诗抒情操。

业主群

业主阵地业主爱，楼亭花草抒情怀。
如若无情群萧条，建群立规也枉来。

小花、小摊

路边小花不显眼，细看片片都惊艳。
路边小摊花陪伴，满足购物民方便。

蜻蜓点手

美手美萍美池水，蜻蜓难分谁是谁。
误将美手当柔水，轻轻点手频频追。

赞打油诗画

幽默风趣打油诗，字里画间藏哲理。
深入浅出接地气，清心醒脑乐无比。

魂飞展

蓝天碧水鱼穿莲，绿树红花倒影连。
玉石桥畔波光闪，幽径深处魂飞展。

美女与花

鲜花绚丽小区开，美女花中现风采。
人花相映两难分，扮靓小区美帅帅。

鸟邻（组诗）

一

清晨阳台有声响，细看是鸟来造房。
树枝茅草已搬来，它要跟我做邻坊。

二

我家住此二十年，年年有鸟来陪伴。
栖息繁衍歌不断，常常高兴上我肩。

三

天亮鸟群飞得远，捉虫觅食不停闲。
风里雨里难不怕，勤勤恳恳一天天。

四

狂风暴雨肆窗前，我给小鸟送把面。
小鸟抬头盯我转，远走高飞不忘还。

青山绿水

青山葱郁入云霄，绿茵下面泉水绕。
水润绿植植护水，相扶相生万物茂。

家乡美景

青山高耸入云端，碧水如镜倒影连。
身在家乡山水间，却问何时来仙天？

顺口溜

好诗雅赋无心比，顺口溜溜抒胸臆。
生活万象诗意藏，一吐成章乐不疲。

四美仙

碧水绿树花正艳，木栏鲜花笑颜甜。
想摘一朵戴发间，细看却是四美仙。

三姐妹峰

顶天立地三姐妹，昂首奋臂亮国威。
山歌云舞蓝天应，巾帼共铸中国魂。

花中魂魄

绿荷红花开满塘，小船游弋水中央。
两边荷花吻我脸，我放魂魄花中漾。

泰山喷泉

泰山喷泉入蓝天，云绕霞照舞翩翩。
引来白鹭伴泉舞，大美永留天地间。

人鸥相亲

泰山天湖风光炫，山水相依映蓝天。
喜鹊白鸥戏绿水，人鸥相亲乐无限。

游东湖

碧水蓝天鱼戏莲，绿林鲜花倒影连。
瀑布如雪石间飞，玉桥云托我离凡。

小院

牡丹开在奇石边，四条爱犬卧人前。
蝴蝶小猫戏花犬，小院融融福满园。

浓绿

满处浓绿遮蓝天，眼前藤蔓绕树缠。
脚下荆秧挡前路，远方隐现石门闪。

好花半开

大绿丛中一点红，粉荷初绽露美容。
好酒微醉飘欲仙，好花半开仙也宠。

东沙河欲雪

岸柳疏枝划灰天，河水无波冰下缓。
东沙河畔游人稀，偶感飘雪轻拂面。

天时地爱

二零二二壬寅年，二月二十零二天，
又逢周二天时合，也愿人世爱满满。

鲁南春来柳先探

碧空媚阳风微寒，冰雪已融微湖湾。
运河水暖鸭鹅知，鲁南春来柳先探。

人生如酒

人生犹如二锅头，多半苦涩甜伴忧。
穿肠辣酒抵风寒，随身烈酒壮肝胆。

展翅梦想

抱犊山水情依依，花红柳绿正旖旎。
我随风筝放飞魂，梦想展翅大山里。

清明祭祀

清明细雨打坟山，父子把酒阴阳间。
心如杯酒伴泪饮，冢边梨花也泪含。

吹牛不上税

抱犊崮高盖群峻，可惜我长它停顿。
今看比我矮三寸，我还比它胖二分。

春游东沙河

东沙河畔春潮荡，百花盛开散芬芳。
踏青赏花游人畅，美女垂钓也疯狂。

山楂、人生

山楂又称圣人果，酸酸甜甜果中缩。
人生百味果中藏，品尝此果好快活。

东湖一景

一石如龟湖里长，一花一草龟背盎。
群鱼落雁戏倒影，游人醉诗岸边狂。

大树

大树挺拔园中昂，气壮雄伟有担当。
红花绿藤树上绕，你如大树两相像。

卧龙公园

（组诗）

一

卧龙公园一小片，一池一河两小山。
春来游艇穿芦涧，夏到垂钓柳岸满。

二

春有桃李樱花艳，夏花满园开不完，
秋日瓜果树架垂，冬梅抱雪美动仙。

三

园里有所幼儿园，萌萌儿歌声不断，
阳光下面嬉戏玩，孩在花中比花艳。

四

园中还有一小园，琴棋书画幼儿班。
琴歌悠扬画满苑，小小梦想在腾翻。

小区初夏

初夏小区百花艳，幼果藏在绿浪间。
鸟鸣晨曦歌婉转，居者花海时隐现。

苍苍老树

苍苍老树断枝丫，拧拧弯弯不倒下。
日月风雨相伴抚，振臂仰天发新丫。

同楼婚嫁

繁花似锦楼相连，同楼嫁娶花丛间。
轿夫不言颠娇累，肥水不流外人田。

端午、正阳、屈原

汨罗江水流向东，端午江边人潮拥。
屈原端阳爱国魂，世人世代祭英雄。
忠贤惨遭小人攻，国破不屈同国终。
纵身汨罗擎真理，忠魂世代人敬崇。

家园喜事连

华坛小区喜事连，男娶女嫁不间断。
骄阳花车鞭炮闹，鲜花新人灿美颜。

父母节有感

父母节夜静无眠，女儿思绪肠辗转。
父母上孝爷姥辈，出力流汗心里甜。
母亲纺纱父织棉，为国为民认劳干。
为了女儿长成才，细心关照不怠慢。
父母非圣德学传，女儿虽凡也亮闪。
父母恩情深如海，代代相传人世延。

华山一条路

峭壁多险数华山，登山难于上青天。
华夏儿女志高远，绝壁开路登极限。

西北之行

（三首）

寻梦

天空高远云翩翩，地阔无垠闻呼唤。
山蒙水碧藏期盼，放飞魂魄寻梦缘。

戈壁

茫茫戈壁无人烟，苍苍天空无禽旋。
飞车匆匆八百里，终见远山藏迷悬。

希望

茫茫沙漠驼铃响，莫高窟里壁画藏。
月牙泉边碧水淌，大地之子孕希望。

心有阳光

山高雾蒙云飘飘，远眺岂怕云雾绕。
心有阳光透苍窿，脚下生风踏云霄。

一人乐队

铁皮长号声悠扬，推拉音符拽锅响。
两腿蒸笸和锅镲，两脚分合奏交响。

汗水、风采

——写一对唱歌的种田母子

莫说你长得不漂亮，开心快乐在心里藏。
家里地里你汗水淌，歌声笑声里风采扬。

稻田、夫妻

——写一对跳舞的种田夫妻

一身汗水两腿泥，稻田夫妻乐不疲。
挽裤水田一片碧，昂首稻花香扑鼻。
田埂歇息歌声起，小路跳舞节奏齐。
山瀑树影伴舞丽，劳动夫妻乐无比。

鲜果送妹免王母

诗妹赞姐硕果图，诗情蜜意心理注。
累累鲜果甜蜜蜜，先送妹尝免王母。

心有阳光

无腿夫妻心未残，带领孩儿街头欢。
歌起舞扬观众赞，活出心中阳光闪。

小区的义务劳动

孟秋骄阳似火旺，苹果小区老少忙。
清除垃圾和杂草，无私奉献精神扬。

花间鱼塘

晨曦初露人未醒，天地茫茫静神听。
花露鱼塘滴声脆，游鱼无眠追花影。

感叹仙境

群峰高耸霞云间，琼楼玉宇住神仙。
若想与仙同楼住，足下寻路苦登攀。

和谐

潮起潮落顺天时，花开花落随四季。
天时地利人尚存，世事平和乾坤利。

盛夏的家园

暑阳高照万物盛，小区植被绿海腾。
天地精华趁时酿，千花万果不负行。

苍狗、蓝天

白衣苍狗戏蓝天，千姿百态情缠绵。
易猫易兔易鹰雁，只与蓝天共欢颜。

共享好时光

巍巍丽房嵌亮窗，映现白云蓝天长。
绿叶红榴附窗怀，共享家园好时光。

红梅迎春

红梅一支带霞光，蓝天碧草生机盎。
您着红装款款来，恰如红梅迎春光。

荷仙降

荷花十里一夜放，绿萝霓裳舞荷塘。
香飘百里久不散，原来荷仙降中央。

红荷美女

蝴蝶阳帽彩条装，悠坐木桥廊凳上。
红荷绿叶相衬美，疑似仙女来观光。

思故乡

碧湖灰鸭波纹轻，远山绿树映倒影。
水天连处伊独立，梦萦魂牵故乡情。

家乡

远看前面是绿毯，毯上荷花好鲜艳。
再看有船徐徐划，家乡微湖跃心田。

万象生活

你抻筋骨为健康，我拉琴弦伴歌唱。
众舞千肢扬快乐，生活万象日日强。

希望

——为朋友的照片题诗

清晨的阳光，
是心中的希望。
小路长长，
长不过
希望的曙光。

人像兰

百花沉眠畏天寒，朋友家中兰花艳。
叶肥花美沁人醉，花随主人人像兰。

与云舞

朝霞染云红满天，亭台楼阁云中绚。
我在阁中与云舞，云颜虹裳欲脱凡。

快乐小院

树矮叶未黄，花微色泽靓。
屋窄喜气满，院小快乐扬。

春潮涌

茫茫瑞雪盖故宫，红墙碧瓦现峥嵘。
青松破雪生机旺，雪下孕育春潮涌。

山人

青山流泉映蓝天，古树瓦房春阳暖。
牛拉犁耙禾田转，山农耙上牛歌传。

亲雪娃

雪后初晴寒风刮，父子冒汗堆雪娃。
红帽银装嘴眼笑，相依相亲似一家。

花间笑颜

一树樱花争相开，你赏樱花树前来。
樱花朵朵好鲜艳，不如花间笑颜开。

纯美天下

冰瀑千尺高空挂，如银似玉障山崖。
白雪皑皑盖大地，天下纯净美无瑕。

友人祭夫

海棠鲜花岁岁开，祭祀夫君年年来。
天国人间遥相望，世人仙灵慰心怀。

春天

天暖了，冰化了，柳绿了，花开了。
我飞向春天飞向自然了，春天常驻心间了。

初春

好一穹蓝天春阳，好一片春波荡漾。
好一树春花灿烂，好一田绿苗茁壮。

鸭满池塘人歌扬，春满乾坤人世旺。
春去春归顺天意，春驻人心最久长。

园丁·教师

冬剪乱枝防风寒，春夏浇水肥施满。
一腔热血洒校园，秋来千树枝条弯。

诗中人

妹选古诗姐欣赏，古人情怀牵肚肠。
穿隧欲寻古人迹，惊见屏内诗中人。

台儿庄

雨后满目绿尽洗，绿中荷花婷婷立。
闲鹅野鹤戏浅鱼，翁妪垂钓小船里。
白云悠悠漂天际，水中倒影微波戏。
恍惚眼前进仙境，细看确是台庄地。

巨山、樱桃、人

樱红山青心花展，玛瑙红果午餐宴。
山亭巨山走一遭，身飘魂荡美欲仙。

醉映美

春阳繁花好美艳，妹在花间笑容灿。
人花相对醉映美，难辨是花还是仙。

小满·家园

女真迎夏开亭前，楝花似雪飘满天。
月季盛开如虹艳，榴花初放似火燃。
蔷薇卧墙彩龙盘，万朵玉兰蓝天绽。
五月小满天高爽，我的家园霞满天。

梦绕魂飞

太平之人心度大，大好河山任你跨。
梦绕魂飞豪气在，天高路遥寻彩霞。

美丽家园

天蓝蓝，云飘飘，
绿树高耸入云霄。
绿茵浓，果实饱，
红墙碧瓦隐露俏。
水碧碧，轻波摇，

一湾碧水仙境倒。
人惊愕，身欲飘，
疑是离凡到池瑶。

悼念屈原

白米红枣忠魂心，竹叶丝线包裹紧。
圣魂傲骨死不悔，沉入江底后人钦。

酷暑念昆明

天上火球熊熊燃，树上知了拼命喊。
酷暑天地如蒸笼，独有昆明凉爽天。

美魂常在

鲜花不会久开，美貌不能常在。
花开花落归土，人唯美魂常在。

美女

万绿丛中一树花，鲜艳欲滴美佳佳。
欲摘一朵戴发间，瞬变美女披彩霞。

蓝天白云

——观远方朋友发的蓝天白云照片有感

见过蓝天，
却没见过如此醉心的蓝天。
常观白云，
没见过让人透腑的白云。
此时此刻，
我的心已放下一切，
只为追逐远方，
那蓝天白云。

春田

杨柳轻轻抚湖岸，畦田沐阳好舒坦。
湖岸田间遛遛弯，滩地草丛太阳暖。

有眼识泰山

（两首）

一

台风登上两江岸，刮倒房舍一片片。
张牙舞爪奔山东，凶势触边忽不前。

二

晨起艳阳微风爽，上班遛弯各自忙。
笑知台风嚣张散，山人心中泰山装。

天净沙·一江波澜

蓝天碧水青山，
小屋柳岸禾田，
渔翁小船渔网。
云雾飘飘，
网撒一江波澜。

苹果美女

鲜花美艳醉心脾，苹果橘子红无比。
走近最大花果赏，竟是美女笑嘻嘻。

梦幻连连

夜深了，
你在窗前遥望。
是遥望墨蓝的天空，
还是遥望无边的繁星？
哦，
新月弯弯，

圆月渐渐。
心中那钩弯月,
勾出梦幻连连。

风韵永存

妹妹好诗赞姐姐,姐姐心里美喋喋。
借妹吉言风韵存,花季不衰香不谢。

雪中行

雪后蓝天纯如洗,雪树绵绵盖大地。
劈开雪路树中行,疑似天开入仙弥。

魂飞仙境

半醉似醒花丛间,天蓝地广无遮拦。
白云如棉温我暖,我魂放飞仙境间。

立冬念挚友

去冬友送花一盆,今冬花开满屋芬。
艳香沁人余君温,观花念友蜜意存。

冰雪襁褓

冬至晴阳雪上耀，枝条萧萧叶落了。
叶暖雪盖育根苗，冰封雪压却襁褓。

昆明冬至

水映碧树叶苍苍，瓦蓝天空纯朗朗。
美女身着蓝体恤，昆明冬至暖洋洋。

为爱（三首）

——写一对老妻少夫的幸福生活

一

同趣同爱结亲眷，哪管年龄悬殊远。
唱歌表演直播间，攻破世俗为爱缘。

二

粗茶淡饭，平平淡淡。
幸福美满，人间神仙。
喜欢点赞，不喜勿贬。
助人一力，余香永远。

三

萝卜白菜土豆鸡，地瓜贴饼馒头米。
夫妻对吃甜蜜蜜，幸福美满神难比。

等春

物极必反,寒极回暖。
静等春来,花开满园。

挚友

一见便投缘,再见两恨晚。
相处从未厌,谈笑眉宇间。
读书十五载,教书肩并肩。
我高歌一曲,你起舞翩翩。
你吟诗一首,我赋辞一段。
你婚嫁育儿,我在你身边。
我结婚教女,着你做衣衫。
你相夫教子,没忘自修炼。
我忙家忙外,没忘书常翻。
为各自梦想,飞翔把翅展。
南北相距远,网上来往繁。
你为国贡献,我为你点赞。
我有成绩展,你拍双手欢。
谈事论英贤,息息总相连。
今生得挚友,不枉世上转。

给朋友

你美丽善良温文尔雅，你琴曲诗舞悄现悄发。
你兢兢业业事业有成，你相夫教子功高德佳。

整形照片

窗外鸟鸣山溪潺，窗内美女笑满面。
大红旗袍黄披肩，走近细看那是俺。

游青海湖

青海湖面大无边，清清湖水映蓝天。
白云悠悠湖天连，你驾帆船欲飘仙。

腊八心暖

过了腊八就是年，想起朋友心中甜。
宝粥一碗送温暖，三九严寒燃心焰。

山东大脸哥

大脸哥幽默，段子逗人乐。
大脸哥多才，妙思奇想快。

大脸哥朴实，生活原味滋。
大脸哥善良，处处为人想。
大脸哥谦虚，自知不虚荣。
大哥爱恨明，怼恶不留情。
活跃方寸间，送乐千千万。

天净沙·独影

荒山冬树雪飘，
枯草北风萧萧，
坡路乱石坎坷。
独影遽遽，
只为石中苔色。

人间仙境

木篱庭院春花艳，房顶地下落花满。
木房琴声悠悠传，房内是凡还是仙？

花间美女

万紫千红春满园，有朵鲜花醉倒仙。
不由近前细欣赏，原是美女在花间。

春梅庭院

红梅唤春美家园，庭院春红染竹帘。
梅花掩房琴声脆，疑似乐仙下凡间。

山村晨景

朝霞蓝天青山翠，清泉汩汩石上垂。
小河石桥晨耕牛，桃花村舍徐烟炊。

有感植树节

人类的祖先，
是从树上下来的。
树呵护哺育成就了
人类的进化。
感不尽的树恩，
画不尽的树美。
享不尽的树惠，
过不够的植树节——

春与美女

春与美女如约见，万紫千红好鲜艳。
美女心内比花美，花拥人灿美无边。

天路

路从长空穿，桥在云间建。
俯瞰燕群低，仰看茫无际。

春城

苍狗戏蓝天，大地鲜花满。
春随日月长，水载落花远。

清明雨花

庭院深深雨纷纷，清明素花沐玉盆。
晶莹剔透俗不染，花落流水寄仙人。

村妇·桃花

五十村妇风韵存，桃花园里勤耕耘。
手握锄头水肥润，脚踏黄土汗珠滚。
年年桃花人面春，岁岁鲜桃敬堂尊。
无须折花插鬓云，村妇永比桃花俊。

诗画村妇

山岭桃梨花片片，山下麦苗绿连天。
天高云淡春阳灿，风和日丽村妇贤。
人面桃花仙女现，吟诗如画一篇篇。
拿起锄掀汗满脸，原来仙女刨米钱。

清明祭祖

一树梨花带雨开，万家孝子祭祖拜。
千载不忘祖亲恩，万代牢记家德在。
思母心潮正澎湃，念父泪雨坟中埋。
清明细雨纷至来，祖先厚德润万代。

幸福人家

小桥流水人家，农夫归牛犁铧。
青山夕阳如画，炊烟招手回家。

生活

春去春回春有情，花开花落花成果。
人去人留人有志，酸甜苦辣皆生活。

魂飘

窗前写诗面朝阳，炉上煮茶正飘香。
烟火有诗有文章，品茶助你魂飘扬。

小区门外景色美

四月暮春万物长，十里花香随风扬。
小区门外景色美，打拳娱乐晒太阳。

转动

春夏秋冬轮则生，天地乾坤转则存。
万物细胞换则长，生命强旺动则延。

姜公垂钓

渭水经晋静且缓，自古岸边出圣贤。
莫看姜公闲垂钓，钩直无饵为哪般？

情醉

阳春小雨纷纷下，洗净粉尘绽雨花。
美女擎伞花间漫，诗画情醉忘归家。

今游姑苏

春阳初上万道金，江柳桃花映人心。
姑苏城内多园林，艳阳妩媚照心襟。

云中琴韵

琴曲一支云中传，律韵袅袅尘不染。
静听魂已随音散，不记世间俗事烦。

心安是神仙

榴树低矮弯曲，
却从不比高大挺拔的钻天杨，
因为它年年都有满怀沉甸甸绽笑的甜石榴；
大多数人没有高官厚禄，
但他们拥有自由、幸福快乐的劳动生活。
尺有所短，
寸有所长，
各自心安，
便是神仙！

放飞魂魄

蓝天白云头上转，青山绿水飞过眼。
山重水复路遥远，放飞魂魄即是仙。

超度

晨雾蒙蒙水天连，一树一屋水渚边。
水中遥现一蒿船，渡人度日渡魂仙。

黄果树瀑布

黄果瀑布千古画，飞流呼啸九天下。
仙气磅礴凡间落，洗润万物醇无瑕。

和《黄果树瀑布》

黄果瀑布千古画，飞流呼啸九天下。
你在瀑前净无瑕，飘飘欲仙忘归家。

重庆掠影

重庆建在山水中，楼房青山叠重重。
轻轨云间穿城过，惊疑此地通仙宫。

天桥·姑娘

青山绵绵涧水蓝，瀑布高悬云雾间。
姑娘悠然天桥站，竹笛吹开花香甜。

黄河·巨龙

黄河滔滔十八弯，翻山越岭不惧难。
壶口入海巨龙腾，梦飞长空霞光漫。

高处不胜寒

青山明月美人间，邀月共饮醉山前。
山高举人人在巅，莫忘高处不胜寒。

热

河边遛弯一刻回，满身汗涌如泉水。
汗顺衣裤流一路，妻问跳河去救谁？

这里最清凉

夏日酷阳当空照，这里树荫静悄悄。
鸟语花香萦萦绕，片片清凉暑气消。

荷下渔舟

酷日当空似火焰，遮天绿荷阴凉展。
卧舟荷下闲垂钓，凉爽一夏鱼满船。

孤帆远行

一叶孤帆顺水行，流水哗哗伴鸟鸣。
竹林幽幽匆匆退，日落丛林舟未停。

江南水巷

江南水巷雨霏霏，房檐滴水声声脆。
檐下微亮有灯垂，时有客船把宿归。
泥炉煮茶香气随，窗前琴声情如醉。
过往小船久徘徊，疑似天人九天坠。

莫漠然

低处苦难咽，高处不胜寒，
脱苦求高人必攀，高到寒时莫漠然。

华山高如天

华山巅峰云缭绕，俯瞰茫茫群山小。
仰望天蓝如薄翼，话低恐把天人扰。

观雨

（三首）

魂飞

雨打翠竹唰唰响，窗前观雨品茗香。
人忘翻书风帮忙，书郎魂魄已飞扬。

人空

雨打竹林唰唰响，风翻书页匆匆忙。
烟雨蒙蒙灯暗黄，茶凉人空何去向？

和《人空》

烟雨蒙蒙翠竹唱，三五书郎茗茶香，
茶如人生苦香并，书郎共雨寻诗行。

翘首望

去年此院琴声扬，茄柿青蔬唱垄行。
主客说笑乐不疲，今见萋草翘首望。

祭大师盛中国

盛中国大师已走，小提琴精神永留！
门生建国承遗志，誓让琴音荡绿洲！

花间帅哥

鲜花带雨开满园，帅哥展喉在花间。
帅哥爱花花簇哥，人花相映美过仙。

心花绽

细雨绵绵抚家园，你家我家紧相连。
隔墙栽树两边果，花果都在心里绽。

擎天柱

海中一柱入云端，下细上粗险又玄，
顶天立地几千年，今见柱上路通天。

大漠胡杨

置身大漠戈壁，饱经千年霜疾。
风沙苍穹昂立，老树新枝不息。

七彩云南

年年花盛开，岁岁不见败。
行有七彩拥，卧闻芳香眠。

山居

青山高耸藤蔓横，星空无云亦无风。
一树栖鸟半空梦，满池月色听泉声。

小雪

纷纷扬扬小雪飘，片片寒意落地消。
遥祝朋友万事好，天寒心暖融雪悄。

滇池

滇池之水上天注，鸥鹭喜风常光顾。
姊妹池边爱漫舞，亲亲仙灵欲脱俗。

梦亡友

清明时节雨绵绵，你随细雨飘心田。
四目喜泪舞飞雨，再现当年好时段。

思亡友

歌消声匿葫芦丝，花谢人走空留其。
夜深人静余音弥，相会每每在梦里。

人间烟火

闲庭独坐对闲花，轻煮时光慢煮茶。
茶香久品也无味，人间烟火品味佳。

胡杨魂

神曲悠悠苍穹飘，胡杨魂韵千古潇。
静听天音心敬畏，魂随神韵荡袅袅。

雨过天晴

天空无月雨绵绵，君失知音泪潸潸。
阴雨不能久久下，雨过天晴白云现。

农舍

农舍不亚大豪门，服务不差自家人。
莫道异乡是异客，吾心安处既归人。

醉夕阳

我偷夕阳一壶酒，飘飘欲仙一醉休。
天上春长不思故，酒醒方知家乡游。

谁来关心他？

儿女进城去打工，八十老父留家中。
弯腰拄杖捡废品，风餐露宿奔西东。
卖了废品贴家用，不想被人掏个空。
无奈寒冬腊月天，讨点残汤填肚窘。

乐享夕阳

夕阳映红半边天，老者方得今生闲。
云卷云舒皆无憾，品味夕阳美无边。

梦乡

——云南之旅

我打碎了夕阳，
将其揉进梦乡。
彩霞升起景象，
是我诗和远方。

岁月不败美人

远看书房君子兰，花粉叶硕美难掩。
不由快步近前看，八十导师在阅览。

雪地销魂

天将白云织雪花，纷纷扬扬撒天下。
老妪雪中滑个滚，魂销琼花共白发。

雪飘梅绽悄无声

夜雪无声悄悄降，腊梅不响静静香。
是景是梦吾情动，雪飘梅绽诗千行。

永少年

少年同学中年见，各有变化风韵添。
莫说再见人已老，胸有梦想永少年。

留真情

与其人世争名利，哪比寻幽水麓行。
云海放飞魂伴梦，风吹雨洗留真情。

环卫工人

笤帚嚓嚓破夜沉，垃圾废物已清没。
姑娘酷暑不惜汗，小伙严寒秽类分。
愿舍一人洁净面，成全万户美佳人。
唰唰笤帚低低吟，黑发悄悄扫成银。

红婵芋汐大胸怀

奥冠婵汐美誉传，如鱼如燕跳台翻。
汗流洒进云和水，再创高台世界先。

清洁工

唰唰声破晓，
日日扫街劳。
但看青春鬓，
忽生霜发飘。

黑龙潭思友

黑龙潭水高云际，碧水幽幽底不及。
水面曾经浮俩友，今来穿水不得伊。

农人

久旱逢甘农甚喜，跪天跪地雨中啼。
可怜四季栽苗苦，只盼秋粮饱腹饥。

仙友望凡

茫茫云海旭阳红，璀璨霞光映宇彤。
隐见云翻涛涌处，载舟故友望凡穹。

泰山瀑布

横空出世巨流腾，声似雷霆势若虹。
住寺元君眉又笑，祥龙今又过苍穹。

上班路上

晨起匆匆赶上班，
寒风吹面似刀旋。
摊前肉饼酸汤辣，
张嘴呼啦热汗连。

妒贤

冬青也想长成才，总有刀钳把顶裁。
妒嫉贤人时有见，冬青长点也不该？

思亲人

云海蒙蒙泰岳巅，凌晨远见故亲船。
云遮雾障难清看，心挂帆杆夜不眠。

花中朋友

鲜花美艳世人瞻，朵朵嫣红美友前。
似锦繁花香满院，花与朋友辨别难。

热

炎炎烈日热围包，滚滚心烟欲起烧。
响马清湖来避暑，一湾碧水燃沸了。

夕阳美

不管春夏秋冬，只看脚下风光。
欣赏一路美景，淡然走向夕阳。

海底仙境

大海扬波舞湛天，
海中隐现美阁山。
鲜花美女均奇艳，
海底原来也有仙！

老有心劲

家母赏雪摔伤骨，偶遇春红神又复。
摄影寻花乐醉人，登高下谷疼也酷。

坟前祭语

细雨沾花如泪淌，坟前孝子诉忠肠。
家传今训牢牢记，挺起胸膛做栋梁。

东沙河之春

沙河碧水穿城过，慢吟清歌起绿波。
扭动蛮腰春柳俏，狂挥虹彩雾樱灼。
花园草地秧歌美，柳岸河拦垂钓多。
墓塔烈英风又起，浆划绿水起船驳。

落日

落日缓缓，缓缓……
向着天边的山岚。
当再一次回眸，
热血把躯体涨满。
透过躯体，
染红了云涛，
染红了天穹，
染红了江河湖海，
染红了大川群峦……
哇，好美！
世界上任何颜色，
也没有如此美艳！
这是落日生命里全部的爱恋！
落日缓缓，缓缓……
终于下山，
留下血红灿烂……

惊认儿时玩伴

儿时玩伴在何方？下岗一直卖辣汤。
脸皱发白牙损漏，付钱说话认锅旁。

家园

家园就在众花间，邻里与花艳透园。
花落悄悄香河水，天庭再好也不馋。

相见故朋

梦里常常见故朋，相拥泪目尽欢腾。
梦中已满痴心愿，不必奢望日日逢！

抗灾

久旱逢霖泪未干，倾盆大雨降中原。
旱干土裂禾苗倦，洪涝家没眷不圆。
水旱无情天闭眼，人间有爱救民先。
坚强自救不祈盼，远近八方快速援。

泰山思友

泰山旭日霞光绚，友入云霞已两年。
日望纤凝归未见，莫非阙美不思凡？

花香诗醉

家家楼下繁花艳，红绿黄兰出栅绽。
缕缕春风阵阵吹，香传万户诗成串。

农家

闹市楼高不算奇，乡村天水让人迷。
桑田舍院禽猪犬。菜地园溪黍果鸡。
树下溪边伏暑离，清池水榭爽心怡。
村人常往城里跑，哪想福泽在吾梓。

老菜农

炎炎烈日当空燃，种菜除杂理菜园。
腿脚泥巴身汗淌，眉头沟壑脸难堪。
天干苗旱池塘浅，地燥蔬黄卖钱难。
开学孙子缴费用，干嚼煎饼攒钱还。

祭祖

梨花带雨落坟前，冥币纷纷土里粘。
一岁一年枯草绿，宗亲一去不归还！

白发娘祭黑发儿

为守国疆赴战关，一腔热血洒西南。
娘思独子肝肠断，儿念娘亲战更顽。
千里娘行来祭奠，驾云孝子保平安。
和平盛世人人享，不悔送儿去守关。

花王

小区花艳满园香，芍药开完月季芳。
浇水美人时隐现，靓妈就是百花王。

月季 · 蔷薇 · 你

月季蔷薇艳透天，爬墙立地彩鲜旋。
家园处处天虹现，你在虹中更靓弥。

江南水乡

碧水微波映绿山，浆划船走小河湾。
红墙碧瓦时呈现，禾稻金波百里翻。

小满

半开半掩花和月，半醉微晕赛乐佛。
莫恋人间全大满，人生小满即福窝。

花海幽梦

我随花海轻风走，花蕊撩魂美梦悠。
七彩花丝抽一缕，巧织诗锦美穹洲。

天海间

天蓝海湛两相连，天籁之声频频传。
人在海边观旭日，身轻心醉欲脱凡。

写给落榜学子

休言不第即无才，罗马康庄等你开。
杜甫韩愈唐伯虎，考科亦是孙山来。

老妻少夫

五十娘子二十郎，夫少妻衰爱也狂。
碧嵌珠连鸳鸯配，春杨也醉杏花床。

春晨

啼鸟破夜沉，
鲜花障雾巾。
清香围你绕，
蜜果甜他心。

花香诗醉

家家楼下繁花艳，红绿黄兰出栅绽。
缕缕春风阵阵吹，香传万户诗成串。

花开人心

小区春到繁花艳，芍约开完月季鲜。
人在花中难两辨，人欢花绽赛天仙。

众念

人都贬恶利名钻，钓誉沽名不可延。
众念雷锋焦裕禄，真情还盼世间传。

路过村庄

秋风瑟瑟草萋萋，村里寂寂少气息。
偶遇老人行踽踽，问说去外挣钱迷。

老有心劲

老妈赏雪摔伤骨，偶遇春红神又复。
摄影寻花乐醉人，登高下谷疼方酷。

小区隔墙不隔春

你院开花我院香，我藤结果两家尝。
墙南墙北花蔬旺，只见藤花不见墙。

泰山瀑布

泰山旭日绚山岚，霞彩连天瀑布喧。
如海如天扑地盖，莫非龙殿换山前？

纪念南昌起义

烽烟滚滚战豺狼，起义工农在南昌。
血铸八一旗灿烂，军旗有党永飘扬。

美境长传

桃花开满林山涧，我宴群山在酒泉。
山醉花鲜人美艳，人间美境世人传。

夕霞梦

窗前绿树郁葱葱，如血夕阳映彩虹。
凝目静观七彩美，还圆绮梦正腾空。

醉桃花

春风轻吻唱歌人，满目桃花簇舞神。
人在花中歌醉脸，桃花人面两难分。

秋热难耐

烈日炎炎酷夏顽，汗流不断满身黏。
盼秋热退凉风爽，哪想虎出煮又煎。
处暑秋阳拼命燃，出伏炽焰化穹乾。
秋分送露悄悄近，看你还能煮酷寒！

七夕

星汉遥遥喜鹊集，久别情眷聚难离。
瑶池王母心肠狠，拆散人仙挚爱妻。
天意本来皆正理，阴阳相济是神拟。
为何仙总拆情眷，也许天条也可疑。

攒学费

几块木条一平面，父带闺儿午睡鼾。
父裤高撩泥一腿，孩身靠父手搭肩。
爹妈出外拼活干，朝暮难瞧日露天。
一寸光阴一毛币，仨孩学费不能耽。

七夕漫吟

（七首）

乞巧

银汉遥遥亮夜长，星空下我等织娘。
金丝彩线接天系，乞讨织神巧技扬。

离愁

两岸情人泪对流，一河银水向禽求。
鹊桥勇渡仙凡恋，难去情人离恨愁。

离恨

星汉遥遥喜鹊集，久别情眷聚南离。
仙规启动强拆散，难道天条总适宜？

爱挂月梢

牛织鹊会泪连连，情眷缠绵爱忘天。
喜泪难干离泪满，四心挂在月梢间。

婚姻·铁索

恩爱姻缘利器隔，背离婚配自由合。
两情相悦为根本，何许天规铁索勒！

慕天河

遥望银河眼又呆，心中总现眷妻来。
一年一度牛织汇，异地民工聚梦怀。

再纺银河

织女思亲日日忧，银河纺纱泻离愁。
巧织纱瀑金银缎，送给群山美世洲。

梅大高速有故事

梅大高速塌陷坑，
天黑路暗看不清。
黄翁建度超边绕，
“不幸”车轮猛爆停。
黄老下车观动静，

眼前横片大黑洞！
立刻呼喊后车警，
车快冲洞无回应。
老人跪路向天鸣，
才有一车保性命。
幸存车主齐拦路，
后车无数皆重生。
一声胎爆天意灵，
跪路嘶叫善声声。
天即众心心向善，
“量子纠缠”人世醒。

诗润心魂

滚滚红尘染世人，
红黄黑绿难逃身。
欲求心体得清净，
赋写诗词润脑心。

窗前

窗前杨树轻轻摆，绿叶翩翩舞晒台。
闪闪露出天几片，有蓝有赤彩虹裁。

登泰山

泰山高耸入云端，飞瀑潭溪绕绿峦。
不怕登山身汗苦，峰巅可见路通天。

荒院盼儿

养儿十个背累驼，儿大个个离老窝。
暮老骨松难拄杖，荒院盼子心灼灼。

端午又见屈原魂

端午家家挂艾萱，驱逐五害爱家园。
米白红枣拳心志，毒蝎蜈蚣陷正贤。
群鸟啾啾天问唤，汨江滚滚离骚传。
忠魂水下魂不散，万代千秋世众瞻。

泰山双龙会

茫茫云海泰山巅，龙会青山两手牵。
袅袅仙云飞瀑啸，龙腾盛世路通天。

秋热长

三伏酷暑炎炎日，热汗淋淋体肤黏。
时盼秋来风送爽，谁知猛虎又蒸煎。
往时暑热没多久，今过三伏闷热连。
也许热顽天有理，人间婪战破衡安。

白玉兰

冬去春来风渐暖，玉兰盛开天地间。
亦如天使从天降，带给人间美吉祥。

闻鸡起练

二九朔风刺骨寒，闻鸡起练黎明前。
刀落剑飞神采奕，身强力壮保家园。

祝寿

鞭炮齐鸣除旧岁，雅室结彩青藤垂。
祝贺爷奶九十九，太平年丰寿延追。

乐除夕

除夕凌晨鞭炮鸣，老人孩子笑如铃。
跪捧爷奶千斤赠，老人增寿孩添龄。

高烧出词人

染病卧榻受煎熬，迷迷糊糊发高烧。
念念叨叨嘴动弹，吭吭咔咔唉声连。
哼哼唧唧吟声艰，平平仄仄美词填。
李白醉酒诗千篇，我今高烧词涌泉。

高烧出大脸

染病卧榻享清闲，迷迷糊糊高烧缠。
吭吭咔咔咳不断，哼哼唉唉吟声连。
浑身疼痛睡无眠，天花板上久看烦。
忽然屏幕一大脸，说个段子笑煞俺。

盛夏广场乐

盛夏广场凉风习，琴笛笙歌又响起。
今年夏热高以往，皆随琴歌流入溪。

(二)童叟篇

古稀梦

——为母亲拉琴配诗

莫道古稀万事终,琴曲诗歌兴正浓。
只要心中有光照,好梦伴你无尽穷。

古稀寻梦

年进古稀心不老,拉琴学曲乐逍遥。
莫道发白无梦想,一曲放歌入云霄。

老树开花

凌云之志不敢言,毕竟人已到天年。
但愿老树常开花,年年能把暗香传。

爬飞车

——为一位长者的照片配诗

古稀之年心未老,飞车攀爬志更高。
当年王强为救国,你为国强展自豪。

登剪刀峰（三首）

——翁妪峰顶对唱有感

一

剪刀险峰风光好，无数勇者攀顶瞧。
谁说好景属青少？自有翁妪峰尖陶。

二

老者自信身体强，艰难险恶已思量。
攀峰赏景信心足，挑战极限又何妨？

三

生命不在长短，舒心快乐领先。
剪刀峰顶一览，灿烂一瞬无憾。

老翁

登山览景一老翁，手拿画夹欲寻梦。
妙笔丹青栩栩生，景盛梦美魂欲腾。

夕阳·家园

（三首）

一

卸甲归舍一身轻，种花种菜都还行。
闲来园中享芳艳，采蔬东篱愉心情。

二

南湖捉虾采菱，东篱茄红蔬青。
静品湖园风情，乐享夕阳佳境。

三

黄昏欲雪未出房，新醅绿蚁满房香。
红泥火炉邀朋友，酒醉叶红诗成章。

东湖凤鸣

东湖岸边一只凤，琴棋书画样样行。
老来弥坚胸有志，展翅能飞天九层。

一位老前辈的简历

（组诗）

一

公元一九四六年，年方二十离家园。
参加八路闹革命，为了穷人吃饱饭。

二

行军作战听党令，枪林弹雨不惜命。
不爱红妆爱武装，只为工农把天擎。

三

革命队伍学文化，马列思想国际化。
扎根基层贴百姓，唤醒妇女保国家。

四

高粱野菜一碗汤，层层补丁一套装。
吃苦拼命为了啥？共产主义继世长。

五

明月朗朗照床前，思念娘亲睡无眠。
哪知亲娘已遇难，只因儿女是共产。

六

悲痛泪如雨倾盆，仇恨发芽力千钧。
誓死跟定共产党，不达目标不归魂。

七

咬牙奋战黎明前，东方日出霞满天。
跟着救星共产党，劳者得食有吃穿。

八

公元一九四九年，党调我去干公安。
不图名利不为钱，国泰民安求发展。

九

默默耕耘四十载，党的教导记心怀。
眼看经济飞速长，告慰六旬挚心肠。

十

春秋已过九十六，儿孙满堂乐悠悠。
心心念念南街村，目睹星火慰心头。

小满好幸福

七平小院花鲜艳，晨起微信互问安。
牛奶鸡蛋是早点，朝阳伴我遛遛弯。
回来顺路捎点菜，荤素搭配营养全。
烹炒蒸煮练厨艺，乐在其中每一天。
屈指退休十几年，社保医保护身边。
心安感谢共产党，知足常乐过小满。

梦未了

莫道耄耋人已老，走南闯北好身脚。
好友聚谈天下事，放飞魂魄梦未了。

贵雅娆

莫道发白人已老，奶奶银发如波涛。
眉目清秀面如花，气质非凡贵雅娆。

志无疆

青岛海岸一寿星，太极八段样样行。
为了健康和国强，老而弥坚志无疆。

花不败

——写一位穿花衣服的老人

花儿朵朵遍身开，芳香阵阵扑面来。
莫道百岁近黄昏，心有阳光花不败。

不老的心

——六一感怀

夕阳翩翩青山巅，如火如荼光灿烂。
翁妪壮志歌山前，少年初心抒蓝天。
勿叹人老春难还，长欢今日最少年。
莫道夕阳西山近，青山路高霞满天。

和一位爷爷的《岁月感怀》

沧桑岁月春最媚，朝霞美梦正腾飞。
身经磨难终不悔，一生基奠为来未。
莫道银发接替黑，旧去新来美更魅。
生活人生新开始，夕阳如血梦更美。

老年福

晨沐朝霞太极瑜伽，晚观夕阳琴棋诗画。
静赏白云星星月亮，动品美食健康体佳。

童心依然

（两首）

一

三十年前的今天，
鲜艳的红领巾第一次戴在胸前。
右手高举过头：
为共产主义把一生贡献。

二

三十年时光飞逝，红领巾又戴胸前。
初心未变，童心依然。

美不老

青春美貌固然好，年老气质更美妙。
一生精华集于气，溢于外表美不老。

夕阳真好

人能活到年老，
是幸运是福报。
卸去压力真好，
心灵纯净真好。
自由自在真好，
愿做点啥真好。
这段时光真好，
夕阳真的无限好！

耄耋之年

耄耋之年闲事不管，琴棋书画与他结伴。
砚台笔墨清茶一盏，引来朋友与他共勉。

品味生活

吃饭喝水遛弯，满目青草蓝天。
身强体壮心爽，静品人生甘甜。

快乐老人

六月骄阳红似火，退休老人兴勃勃。
拉弦唱歌多快乐，健康常在福多多。

老树飘香

耄耋之年人未老，琴棋书画不能少。
老而弥坚胸有志，老树开花香也飘。

景中景

祖孙二人窗前看，美景醉人不眨眼。
哪知景中人看咱，鹤发童颜伴宝仙。

金叶伴舞

秋高气爽杏叶黄，空中地上金光亮。
酷叟靓妪乐狂舞，脚下金钱伴舞忙。

老骥伏枥（组诗）

一

年近九十人未老，广场拉琴现美妙。
拥来学生一大群，细看全都白发飘。

二

哆瑞咪发唛啦西，教会学生没问题。
三度五度颤柔音，反复教练不着急。

三

功夫不负有心人，老学生们琴声美。
自娱自乐美人世，老骥伏枥惊世人。

百岁不算老

银发银裳银住房，腰板挺拔气轩昂。
谁说百岁人已老，心宽德高精气扬。

不老人生

红帽紫衣粉围巾，慈目神炯善面亲。
太极八段勤教练，谁信伊是百岁人？

高兴

夕阳西下东逝水，更知人应快乐随。
是非烦恼云烟化，只向高兴紧紧追。

倾国倾城

夕阳西下霞如虹，芳草萋萋绿正浓。
你着玫红尚装来，倾国倾城艳美容。

抚琴大妈

秋风习习，
给大自然浓妆艳抹。
阳光明媚，
点亮人间山峁。
小提琴的旋律，
把大妈们引招。
秋景里，
抚琴飘绕，
听天籁声声掌声阵阵。
你比鲜花更美，
比阳光更媚。

斗室画廊

年近八旬志弥坚，描景绘画细专研。
牡丹龙虾松鹤美，斗室四季如画廊。

牡丹图

牡丹盛开好鲜艳，蝴蝶翩翩蕊缠绵。
年年蝶来不见走，岁岁花开不见蔫。

花中老太

百花丛中一老太，手握画笔乐开怀。
满园鲜花是她栽，仙女散花从她来。

百岁好气质

银发红裳黑皮包，面颊红润目带笑。
德高识广神中聚，修得百岁气质潇。

心有阳光

年过六旬都未老，唱歌跳舞乐逍遥。
心有阳光精神旺，好梦连连伴飞绕。

太极神气

白发红装婷婷立，肤润泛光无皱隙。
慈眉善目微微笑，百岁太极现神奇。

天寒歌热

冷雨带雪北风寒，东河园内红歌传。
高亢激昂腾热浪，风雪自甘配琴弦。

美好人生

旭日东升金光耀，夕阳如血无限好。
人生匆匆百年过，细品何时皆逍遥。

老年乐

年到古稀人未老，大好河山常去跑。
靓人丽景相映美，活出人间老逍遥。

邻居奶奶

生性善良胆小，生活坎坷多难。
一生挂牵他人，福报长寿晚年。

残阳如血

静坐窗前观夕阳，晚霞枫叶映脸庞。
日月似箭一闪过，生命如梭两鬓霜。
少年美梦多半黄，老来黄粱还发光。
平淡一生无波浪，残阳如血不憾淌。

荒院、暮人

盼儿十个不嫌多，育儿不顾背累驼。
老来孤杖难撑身，寒门荒院度暮人。

夕阳正好

窗前饮茶观夕阳，一生苦甜尽品尝。
茶苦茶香口中过，夕阳正好莫误赏。

今天最好

春去春回是自然，花开花落莫伤感。
浊酒慢饮品夕阳，时光最好是今天。

惜今天

青丝白发一瞬间，容颜老去顺自然。
世上从无不老人，夕阳正好惜今天。

陋室友人

小院鸟欢唱，陋室花草香。
泥壶沏新茶，约友度春光。

美妪·江南雨

古稀之年人未蔫，四妪跑颠下江南。
春雨蒙蒙飘飘洒，伞下白发美妪欢。

莫

为儿莫嫌父母老，吃苦拼爬莫忘了。
老疼儿孙心不变，尊老莫说绑架小。

烟花三月

古稀北辞微湖柳，烟花三月下扬州。
古有李白辞友思，今见四妪寻白友。

渔翁生活

云水相连映青山，渔翁撒网天水间。
一树一屋水渚上，一妪一犬炊烟前。

快乐时光

晚霞穿藤照花廊，琴起喉亮歌悠扬。
时光一瞬夕阳美，快乐当下好时光。

白发·彩虹

夕阳点染地和天，白发飘飘霞光闪。
峥嵘岁月是过往，还有彩虹舞天边。

梦伴夕阳

坐看夕阳落山间，心中还有半亩田。
四季耕锄心未老，梦想时而也翩翩。

夕阳·田地

我与夕阳在山间，身边还有一亩田。
拄杖荷锄常耕翻，只为土中刨米盐。

骑飞马

远看少年骑飞马，近看老妪顶白发。
是少是老都没啥，马上也能变戏法。

莫负时光

春去还有春回日，花落还有花开时。
青春没有回头期，当下春光莫虚弃。

生活

岁月催我白发扬，生活酸甜苦辣尝。
红尘滚滚累累伤，衰容持杖仍梦想。

心有阳光

莫道古稀万事终，琴棋诗歌兴正浓。
只要心中阳光在，家里家外乐无穷。

老夫妻

秋凝枫叶如血，夕阳大海相协。
七旬夫妻相伴，相拥情话切切。

诗和远方

古稀离家寻梦飞，蓝天彩云把魂陪。
田乡稻谷香阵阵，农舍竹篱果蔬肥。
秸秆烧饭香味美，麦秆煮茶慢品味。
不羡酒楼彩灯耀，天阔心爽诗斐斐。

少年梦

小小少年去春游，大好河山任你遛。
人景相赏两相喜，美中有梦在心头。

宝宝

两岁宝宝不简单，蹦跳游戏跑在前。
勇敢专注难不怕，脑聪体健过险关。

宝宝开车

宝宝聪明又可爱，开车指令记心怀。
不忘爹娘养育恩，拉上爹娘游世界。

红花宝宝

楼前秋花好鲜艳，乳菊簇拥红花灿。
不由走近细欣赏，原是宝宝乐花间。

两岁女儿

谁说女儿不如男？两岁拉爹逛花园。
亦步亦趋满头汗，坎坎坷坷不畏难。

宝宝爱荷

玉质荷花水中立,绿裙红颜舞姿旋。
引来宝宝爱不够,荷花丛中不愿离。

乖宝宝

乖乖宝宝人人夸,周岁会走要说话。
洗脸洗脚剪指甲,配合妈妈乐哈哈。

三岁足冠

三岁宝宝踢足球,身轻腿快球飞走。
看准时机巧发力,不亚奥运冠军牛。

花开小院

四四方方一小院,琴棋书画悦耳眼。
满园繁花好鲜艳,年年花中童圣连。

中考加油

（二首）

一

张开翅膀，放飞梦想。
中考加油！未来辉煌！

二

船已启航，帆已高昂。
朝霞似锦，前程无量。

莘莘学子

朗朗天空净如洗，翠荷花骨亭亭起。
十年寒窗志不移，荷花盛开在晨曦。

少年志

华山入云不见巅，一条索路挂云间。
少年不畏山高险，踏破铁鞋路通天。

贺小女生日

天降吉人十五载，小荷嫩芽刚出来。
小女中考榜眼占，还盼花开岁添彩。

秋韵

云树

——为朋友发的美图配诗

是怎样的修行和等待，
让树在此时此刻，
拥云入怀？
是怎样的飘游和寻觅，
让云在此分此秒投入树怀？
云树相拥，
成就了天地
最美的时刻！

秋的杰作

秋
沉淀了彩虹，
用心
织一幅巨锦，
献给天地。
您是秋的宠女，
特为您留下
一滴心血，
让您倾国倾城。

晚秋

孤雁南斜，瘦水清冽。
秋阳西下，霜花如血。

秋恋

秋的脚步越来越远，
在尽头处回看。
掩不住的思恋，
略过天地人间——
于是山川挥臂层林尽染，
只为秋的最后一眼。

劲风芦苇

瓦蓝天空茫无尽，秋风吹枯迅猛劲。
亭亭芦苇劲风摇，翩翩狂舞抒魂心。

秋思

曾经繁华热烈，也有辉煌人杰。
秋韵沉淀一切，静思如海如夜。

秋色

秋，
奉献了花，
奉献了果，
奉献了所有的色彩。
最后，
把所有的色彩，
在天地间，
浓缩成一幅
辉煌的活画，
让人们尽享。

深秋的叶子

秋
用浓墨重彩，
装点了
深秋的叶子。
让暮秋的风，
带它去接受
冬的历练。
当春风吹来的时候，
那个刚拱出的
充满生机的新绿，
便是叶子。

小区秋末

冬青石楠傲霜酷，荷枯犹有望天柱。
更是月季孜孜绽，拥雪即成寒中骨。

银杏树

您独自高耸，
挺拔到无树能及的高空。
您坚实韧恒，
目睹着古今万物的生死乐痛。
您独树一帜，
占尽了高贵的金黄无比艳浓。
您果满枝头，
为药食两用的国雄。

暮秋礼赞

叶子凋零，
是历练来年的重生。
季节更换，
是为了生机和峥嵘。
不必悲花伤秋，
为暮秋的壮行
礼赞吧！

金鼠果舞秋

——为朋友拍的金鼠瓜照配诗

金鼠枝头翩翩舞，秋彩浓艳天地涂。
我拉琴弦伴你跳，仙女酷将叹不如。

泰山雾凇

（诗二首）

一

泰山松柏云天藏，郁郁葱葱生机盎。
忽如一夜寒雾弥，玉树银光裹霓裳。

二

葱郁松柏泰山长，突然一夜换银装。
婀娜多姿长空舞，撒落银花乾坤靓。

残秋美

天空瓦蓝瓦蓝，
地上五彩斑斓。
是谁的鬼斧神工？
霜笔重彩绘秋残。

秋悦

红叶在空中飘洒，黄叶在脚下嚓嚓。
风吹大地七色扬，霜打残秋美如画。

虹满城

风吹残云蓝碧空，霜打格桑火样红，
秋风抚枫色如血，寒袭残秋满城虹。

昆明的秋天

秋，
把色彩给了蓝天，
给了彩霞，
给了山川，
给了江河——
你是秋的宠女，
秋把心底浓缩的艳彩，
一并让你占尽。
于是，
你花开四季万紫千红。

秋来抚仙湖

抚仙湖面大无边，五百平里水平面。
抚仙湖水深无限，滇池洱海灌不满。
抚仙湖水清如蓝，白云蓝天水中现。
抚仙湖水白云连，白帆点点云中穿。
抚仙湖岸杨柳点，亭台楼榭时隐现。
举杯对酒琥珀照，美女飘飘欲离凡。

注：抚仙湖在云南。

溯源

三岔路口一古泉，千年清流不间断。
泉水甘洌育世人，老少登山求溯源。

“一”字赞

——为朋友发的美图配诗

一枝独伸白云穿，一花独放俏蓝天。
一鸟独占枝头芳，一朵花骨待开绽。

秋之歌

您从浓妆重彩的秋林中走来，
染着满身秋的浓彩。
您在秋果累累的树丛中伫立，
散发着满身的果香。
您从滚滚的长河中搏击至秋，
闪耀着一路的辉煌。
您从深深的谷底攀缘至秋天的巅峰，
留下了深深的脚印。
您把甜美的春天、火热的夏天，
给了这个世界。
您欣慰的脸上，
洋溢着秋的风采，
呈现着秋的神韵。
您从秋林中走来，
染着满身的秋的浓彩，
那是秋的最高奖赏！

叶子

又是一年秋风起，
又是一年秋叶黄。
又是一年风吹落叶，
又是一年叶游四方。

没有伤春悲秋，
也无离愁别恨。
向着远方向着快乐，
向着艰难向着未来，
奔驰——
你知道，
前面有黑暗寒冷，
孤独窒息会使你粉身碎骨，
但你必须去完成这份担当！
这是使命义不容辞！
你更知道，
前面有新的生命，
在等待你去哺育。
叶子落了，
它通体金黄晶亮，
远方，
新的生命在召唤！

秋游青海湖

青海湖面大无边，清清湖水映蓝天。
白云悠悠湖天连，你驾帆船欲飘仙。

秋叶黄

秋风瑟瑟绿叶黄，黄叶落地寻根忙。
歌舞深吻临别恩，相约来年再聚长。

温泉小镇

山清水秀一小镇，温泉阳光更宜人。
秋来山林七彩浓，浓墨重彩唯天吻。

何人悲秋断愁肠?

秋风秋雨秋人爽，秋花秋叶秋果香。
天地精华育生灵，何人悲秋断愁肠?

秋冬接力

秋，
收获了庄稼，
收获了果实，
秋走了，
把浓郁的色彩，
留给了初冬。
冬调出了一副洁白，
给了雪。

秋花拥冬

绿树高耸入壁天，白云一朵巧变换。
楼亭前后秋花繁，拥入冬怀共雪绽。

黄花俏雪

雪花飘飘好妩媚，白雪皑皑大地被，
年年梅花拥雪到，惊见黄花俏雪飞。

寒乐美

冰帘遮窗剔透寒，雪人对酒奶油毯。
孩童冰上滑如箭，老人雪娃互打扮。

花城落叶

一叶飘零款款落，五言十色艳灼灼。
都见三九枯叶焦，花城落叶重彩琢。

秋叶梦

风吹叶红秋已深，窗前独坐赏叶人。
夕阳如血鬓如霜，有梦共叶踏红尘。

家园之秋

夏去秋来好舒坦，秋抹重彩家园先。
柿子山楂石榴红，木瓜海棠青如蓝。
绿海清波碎金嵌，桂花樟蕊芳香传。
遍地小花耀眼灿，秋色偏爱苹果园。

天凉好个秋

秋风微凉擦身过，暑去汗消好快活。
喜望满眼黄金果，风舞人醉天地阔。

再饮苦酒

秋风微凉擦身过，忽感此生过半多。
人世本就苦难陪，再饮苦酒烧眉锁。

秋热

孟秋骄阳似火旺，房里不动汗水淌。
风扇越转心越烦，空调制冷难爽畅。
眼看明日处暑降，身感今夜汗成行。
晨醒惊见秋风至，天阔终把热浪降。

秋光好

秋高云淡天空蓝，大地浓妆色彩全。
人生秋时方知味，秋阳正好酒正甘。

咏花

梅

（十二首）

腊梅

春风秋雨百花艳，腊梅静默守素颜。
几度冰霜寒雪下，沁入梅蕊暗香传。

梅花抱雪

默默不语一枝梅，静观繁花眼前芬。
一朝寒雪降大地，梅花抱雪美乾坤。

红梅破雪

普天大雪纷纷扬，大地一片白茫茫。
哪知红梅盖不住，破雪盛开正芬芳。

梅雪共春

大雪纷纷百花衰，梅花拥雪入心怀。
不是三季贪闲息，只等雪到共春来。

红梅

爆竹声声辞寒昏，红梅点点迎初春。
哪管春寒仍料峭，艳开春怀靓乾坤。

雪中孤梅

一年一度冰雪寒，腊梅如约风中绽。
茫茫大地白如玉，孤芳暗香纷自传。

梅花骨

腊梅花骨傲冬寒，亭立蓝天微微绽。
只等白雪纷纷落，花绽雪拥美醉天。

共迎春回

三九严寒百花蔫，腊梅暗香花骨探，
携冰裹霜待雪降，共迎春回百花鲜。

腊梅傲雪

北风呼啸大雪飞，寒气凛冽袭腊梅。
几度浸击达心肺，寒透骨髓傲雪美。

红梅等雪

枯枝败叶瑟瑟风，红梅一枝风中等。
不是梅花不畏寒，只愿抱雪共春峥。

雪中腊梅

寒风凛冽雪纷扬，天地一片白茫茫。
推窗一阵扑鼻香，墙根腊梅正芬芳。

清孤寒梅

晨起推窗雪茫茫，寒梅雪中独自香。
花艳蕊茁清孤傲，愿听春潮一声扬。

君子兰

不与繁花争艳，不以芬芳娆攀。
淡雅端庄素面，自显君子风范。

海底花

孔雀开屏愧不如，凤凰展翅自叹输。
群仙舞裙彩带飘，不及海底一花吐。

赞中药诗

当人们熟知了中药，
用药名表达情感如此巧妙。
当人们摸透了诸药的功效，
用药理提示升华的灵魂惟妙惟肖。
多药巧用意蕴独到，
一语双关达意美好。

白牡丹

冰清玉肌白牡丹，国色天香自不凡。
不与繁花争美艳，只与净土共空间。

朱顶红花

朱顶红花红透顶，娉娉婷婷满院红。
啼血朱颜天上来，只为佳人衬丽影。

牵牛花

（三首）

傲然开放

不妒百花艳，
不卑自微贱。
墙根篱笆间，
盛开也傲然。

报晓黎明

牵牛花俏美艳艳，暗夜才开悄悄然。
不与繁花炫芬芳，只为报晓黎明前。

美煞仙

牵牛不上大场面，默默攀缘篱笆间。
一步一叶两步花，开满篱笆美煞仙。

四季玫瑰

四季玫瑰浓香飘，亭亭玉立雪中俏。
不是玫瑰不畏寒，只为拥雪共春早。

冬苗

冬阳初升映湖面，金波闪闪如锦缎。
皑皑晴雪盖绿毯，暗藏生机勃勃然。

牡丹园

一

牡丹盛开艳香传，为和芍药聚团圆。
哪知芍药一步晚，空等一场默默蔫。

二

为在四月会牡丹，芍药精心把装扮。
谁知牡丹花开完，空有芍药泪湿脸。

三

来年牡丹又盛开，盛开再等芍药来。
翘首顾盼望穿眼，又是一年好无奈。

四

来年芍药早早开，盼等牡丹快快来。
红妆艳抹飘芬芳，泪湿霓裳艳妆败。

五

牡丹花开芍未开，芍药花开牡丹败。
本是同园不得见，上天早就做安排。

六

牡丹芍药本一家，奉天之命把凡下。
天涯海角各一方，杳无音信两牵挂。

七

人间自有好人在，天南地北寻来栽。
哪知芍药已无木，相见之日不再来。

八

本来天意是真理，阴阳相济是天立。
为何天总拆情眷，难道上天也失理？

天鹅花

远看天鹅一群群，近看鲜花成双对。
原来鲜花也情深，年年相会在新春。

花更美

花开人间处处美，花落让枝孕明春。
落红泥中化成肥，为让来春花更美。

石楠

石楠枝叶油绿挺，傲立严冬朔风中。
待到冰雪簇拥时，血染新叶共春行。

杏花开

春风又抚我家院，夜听雨声打树杆。
晨起雨住朝霞红，一树杏花开蓝天。

群花美

繁花盛开竞相艳，春风吹抚芳香散。
大美群花唯天来，映衬世间真美善。

海棠

一树海棠映蓝天，艳丽芬芳美轮奂。
大美芳香唯天降，只为衬靓有爱人。

樱花

四月春雨缠绵绵，点点滴滴润花展。
粉红樱花春带雨，只与纯美共空间。

插花

五颜六色鲜花放，婀娜多姿振群芳。
此花唯有天上来，只与美人共情长。

伴佳淑

雪白花瓶玉质图，五彩花卉巧插入。
鲜艳多姿美醉人，降落伊家伴佳淑。

老树

老树枯洞斑痕累，弯弯拧拧不腐萎。
一朝惊见新枝拱，晶莹榴籽爆魂回。

果树

天地精华日日收，春夏秋冬各色优。
朝朝暮暮苦苦酿，蜜果笑脸满枝头。

白牡丹

冰清玉肌白牡丹，国色天香自不凡。
不与繁花争美艳，只与净土共空间。

盛夏的家园

暑阳高照万物盛，小区植被绿海腾。
天地精华趁时酿，千花万果不负行。

昆明白玉兰

（二首）

一

北方冰雪盖大地，洁白玉兰春城立。
银骨玉肌缀蓝天，只与净空共旖旎。

二

一树玉兰三九绽，红花浓艳撒蓝天。
彩云一片叹不如，大树直耸彩云南。

石背小花

无名小花石背开，洁白如玉暗香来。
不妒百花向阳灿，缺水少土也圣白。

晨曦花骨

婷婷花骨晨曦待，静静迎接朝阳来。
根深土肥阳光沐，日升遍山繁花开。

绿叶

(三首)

一

绿叶生性伴花魂，相托相依不相伦。
风吹雨打叶护花，秋入泥土春复轮。

二

花儿独开色单浅，绿叶相衬色绚烂。
世人皆赞万花美，不记叶儿托衬难。

三

繁花似锦美天下，绿叶护衬到天涯。
一朝花残红颜退，他在风中傲雪飒。

铁栏桃花

桃花盛开墙外探，清健婀娜艳蓝天。
纵然高墙铁栏缠，婷婷碧空仍绚烂。

十里香

(组诗)

一

十里花香盖满墙，洁白如玉似河淌。
浓香十里散芬芳，我住花间心神畅。

二

此花也叫万里香，高高树上银瀑荡，
飞流直下气势磅，九天银河是源乡。

三

此花外美内温顺，入药配伍见功勋，
活血化瘀湿痛消，造福人类世长存。

十里香飞瀑

十里香开苹果苑，如银似玉飞瀑艳。
浓香四溢趋十里，九天银河是源泉。

无人欣赏也盛展

暮春牡丹一夜绽，游人抗疫未来观。
万紫千红已满园，无人欣赏也盛展。

广场花

广场寂寂花草萋，不见游人款款来。
待到万众驱疫消，万紫千红拥客开。

山楂树

山楂花开碎银满，密密麻麻盖树冠。
盛夏枝头孕圣果，秋来绣球红透山。

秫秸花

秫秸花开节节高，五颜六色花到梢。
挺挺拔拔高一丈，鲜鲜艳艳映霞朝。

雅舍小花

雅舍有花十几盆，窗台花架客桌陈。
芬芳花香迎面闻，琼光宝色荡心神。
兰花起舞迎客人，刺球花艳情深深。
室主花前心已醉，人花相映脱凡尘。

荷塘美

（四首）

雨落荷塘

细雨霏霏入荷塘，莲花亭亭赛粉娘。
鱼虾戏粉时跃水，风吹绿叶银珠淌。

连天粉荷

亭台楼榭白云缠，粉荷绿伞接蓝天。
碧水倒映隐仙境，仙女款款立花间。

粉荷、仙女

十里荷塘接蓝天，廊桥架在塘中间。
粉荷亭亭美媛现，仙女姗姗不敢前。

暗角小荷

荷塘一角浅荷瘦，银雨细珠瘦叶奏。
花舞蛙鸣歌舞起，暗角小荷也昂头。

大寒、瑞雪

白雪皑皑盖大地，北风萧萧吹寒气。
莫说大寒万物枯，雪下生灵润生机。

天净沙·冰雪蝴蝶兰

窗外飞雪冰帘，
室内兰花纷繁，
红黄蓝粉美艳。
是谁栽管？
需向花间细辨。

雪莲

雪莲不畏冰山寒，朔风雪峰俏崖现。
冰清玉洁尘不染，高洁纯美惊世罕。

荠菜花

不与榴花争红，不向牡丹争宠。
路边篱笆自生，观赏食用皆中。

莫负春光

一树玉兰蓝天放，七彩鲜花满园香。
蝶飞鸟鸣醉芬芳，莫负春光万物长。

路边石楠

路边石楠不上眼，花开叶下不凸现。
时时阵阵暗香传，清尘护路战暑寒。

大花小花都美

友人慧眼摄百花，角落小花人前夸。
千娇百媚各色芳，聚美天下共兴华。

粉黛花

秋风萧瑟粉黛绽，无边无际粉艳艳。
人在粉黛花间舞，飘飘朦朦欲成仙。

小花

不如牡丹灿芳，亦非若兰雅香。
篱笆下面自生，花也悄悄绽放。

篱笆 · 牵牛

牵牛不上大场面，自生墙根篱笆边。
不与万花比妖艳，默默盛开也耀眼。

牵牛 · 托阳

攀上无限高点，暗淡牵牛容颜。
托起明天太阳，只为乾坤绚烂。

家园 · 木槿

家园木槿年年开，树树红花惹人爱。
门前路边迎你来，人花相映醉心怀。

心花开绽

碧水清荷接蓝天，蛙鸟荷塘唱声连。
银珠闪闪绿叶滚，心与荷花共开绽。

与云处

天蓝蓝，云如玉，蜀葵一棵冲天矗。
不为高，免为富，只为纯粹一起处。

花童卧莲

酷阳烈烈照人间，碧荷十里尽连天。
白胖花童卧莲眠，醒来天下银光满。

荷香十里

烈日当空大暑至，出水荷花方不知。
遮天蔽日荷叶碧，花娇艳美香十里。

明日花更艳

牡丹怒放艳无比，花蕾慕美一跃起。
眼前艳花醉心脾，明天花骨绽硕奇。

入冬花木

朔风瑟瑟冬已寒，家园果蔬早收完。
残枝败叶随风去，还有花木迎风鲜。

雪中松

山河岁月已入冬，雪花飞舞漫天空；
千树万树枯枝落，昂首挺胸唯青松。

窗台小花

窗台小花不起眼，严寒酷暑从不蔫。
一年四季开不断，暗香默默献流年。

冬树

寒风萧萧白雪飘，万花凋零色彩消。
秃枝疏影任风摇，傲骨铮铮等春到。

来春花美

花开人间处处美，花落让枝孕明春。
落红泥中化成肥，只愿来春花更美。

月季

（六首）

四季月季

春去花更艳，冬来花仍鲜。
扯来彩虹衣，季季开不完。

花开墙外

洁白无瑕月季花，鲜艳芬芳美无瑕。
高墙铁栏锁不住，栏缝探花美佳佳。

傲寒

枯草黄叶伴冬寒，五彩月季花仍鲜。
红梅傲雪天下赞，今见月季也傲寒。

抱雪

占尽千彩季季开，冬来彩妆开不衰。
待到寒英降落时，姹紫嫣红抱雪来。

月季花骨

初冬天寒北风吹，月季亭亭新骨翠。
红黄橙白隐露艳，只等共雪绽春归。

南北月季

南方月季鲜艳滴，北方月季无踪迹。
同是月季蓝天下，上天怎就甚偏倚？

春意家园

春有银河十里香，五色蔷薇卧上墙。
满院月季笑迎冬，腊梅抱雪春意昂。

昙花

（组诗）

一

年年初夏昙花开，洁白无瑕会韦来。
哪知韦君已失忆，伤心悲昙泪湿怀。

二

来年昙花又盛装，只为月下见情郎，
千娇百媚郎不醒，时光一现昙花殇。

三

昙韦本是好情缘，上天为何总拆散?!
天下情缘是天立，难道上天也失忆?

菊赞

（二首）

一

秋尽冬来百花残，雪花飘飘北风卷。
不与春花争芳艳，愿拥初雪共艳寒。

二

春花去，秋叶黄，菊花盛开抗寒凉。

乜秋风，傲寒霜，留得艳香报情长。

桃杏、高墙

万紫千红春盎然，桃杏抻探在深园。

春色本属自然绽，桃杏何须高墙关？

大美玉兰

洁白玉兰纯无玷，端庄温雅美如仙。

藤蔓翠屏层层栏，一树玉兰绽蓝天。

霜中小花

冬来小区春花残，贴土小花不畏寒。

凄风冷雨亭亭立，寒霜素裹花更鲜。

昙花

（三首）

不憾短

寞寞昙花暗夜展，冰骨玉肌奇美艳。

灿烂一瞬不憾短，大美永驻人心间。

奇美雅艳

年年夏晚八九点，洁白昙花默默绽。
冰肌玉肤如仙女，奇美雅艳震世寰。

大美一瞬

寂寂昙花月下开，玉肌霓裳款款来。
舞姿翩翩蛮腰扭，大美一瞬天地间。

流苏

（三首）

一

树树流苏花团簇，白如云海蓝天舞。
飘飞霓裳婀娜姿，大美天下净如初。

二

星星小花密密绽，千花一蒂抱一团。
不与绣球比芳艳，愿与云朵共蓝天。

三

远看银河起波浪，近看流苏花瓣长。
春末夏初风抚花，枝摇花舞飘霓裳。

酸酸甜甜

山楂红红如绣球，吃到嘴里酸溜溜。
生活百味果中有，世人必尝不能遛。

蒲公草

（组诗）

一

黄花虽小光艳艳，荒山地头常常见。
耕地锄草常弃之，闲花野草莫进田。

二

初春踏青去田间，看到黄花一片片。
成垄成行专人管，横看竖看金光闪。

三

走近细看惊愕然，正是弃花曾经见。
忙问耕者为何播，耕者细说不停闲。

四

此花名叫蒲公草，保肝利胆不能少。
消炎杀菌疗疔痈，花小功大勿小瞧。

斗室赏花

斗室虽小花盎然，室主天天侍花间。
人花相对心中醉，鲜花盛开把恩感。

破雪放

突然一夜初雪降，天地一片白茫茫。
满园菊花盖不住，千姿百颜破雪放。

雪中柳

早雪无声落一晚，千树万树白一片。
柳树拒雪身上沾，独用余绿缀单颜。

榆树

榆树一颗园中立，新疤旧创斑淋迹。
春来新绿亦蓬勃，傲对风霜与剑戟。

生命力

榆树石中生，无水无土奉。
根石揉成体，得以枝繁盛。

芋头花

芋头开花大如盆，色泽鲜艳美绝伦。
不争名贵不争宠，名俗不误美世人。

桃杏

（二首）

怨

杏开桃未开，桃开杏花败。
杏怨桃开迟，桃怨杏早开。

天意

杏开桃未开，桃开杏花败。
桃杏无缘聚，天意已安排。

家花

大雪纷纷万花残，朋友家里花正艳。
鲜红嫩绿开不败，花和朋友难辨颜。

家兰

冬去春来艳阳天，良君家中兰耀眼。
叶壮颈挺花艳美，人花相对同灿烂。

人像兰

百花沉眠畏天寒，朋友家中兰花艳。
叶肥花美沁人醉，花随主人人像兰。

红玉兰

一朵两朵五六朵，树树玉兰蓝天裹。
粉红湛蓝靓天下，芳香飘飖醉天廓。

榴花红

翠海绿波榴花红，如火如朱燃熊熊。
晚邀明月两相映，霓虹彩灯逊三重。

白雪迎夏

树树女贞捧雪花，欲与百花迎浅夏。
只道瑞雪喜迎春，今见白雪爱夏花。

墙里墙外

墙外鲜花朝里看，墙里花朵向外探。
孰是孰非难分辨，天时地转顺自然。

仙人球花

（六首）

一

仙人球上一支花，洁香如玉靓天下。
若是谁想摘下它，它即亮剑将其扎。

二

仙人球花开两朵，恰如仙女款款落。
洁白如玉艳绝伦，献美人间情灼灼。

三

刺球一只栽盆中，卧薪尝胆春秋冬。
不慕繁花似锦开，只愿静默素颜等。

四

风吹日晒收囊中，冰封雪盖心潮涌。
一朝夏阳燃熊熊，芳艳美伦世间永。

五

默默刺球静静等，风雪暑阳酿清梦。
花开一朝靓群芳，大美永驻世间圣。

六

刺球花开雅艳芳，琼光宝色任人赏。
花艳常常有人伤，莫怪剑出没提防。

并蒂莲

（二首）

遍人间

洁白无瑕并蒂莲，相依相伴好鲜艳。
上天赐下好姻缘，但愿此景遍人间。

莲花双双

洁白莲花双双绽，相依相对愈鲜艳。
此景并唯花中有，美好情缘遍人间。

蜀葵

（组诗）

一

蜀葵身材高一丈，从头至梢鲜花放。
入夏三伏花期长，红粉白黄伴骄阳。

二

蜀葵又叫一丈红，花开一丛又一丛。
此花清热又解毒，造福人类有大功。

三

蜀葵还叫秫秸花，种到哪里都发芽，
身挺花开节节高，只为人间美无瑕。

赞柳桃

柳桃花开遮亭檐，玫中透粉光艳艳。
此时虽是百花鲜，柳桃独秀抢眼帘。

紫薇擎天

紫薇高耸云际间，鲜红芬芳衬蓝天。
更赞胸有擎天志，深扎泥土稳步攀。

荷风

芙蕖默默粉花开，袅袅芳香沁入怀。
顿感目清凉爽意，莫非荷女送风来。

西瓜

青绿浑圆沉甸甸，三伏溽热到人前。
满腹瓤赤清凉液，任你剖开祛暑烦。

大美海浪

大海扬波洒玉珑，易花易雪易穹隆。
古传宫阙鲜如画，怎比波涛万姿容。

暗角瘦荷

荷塘一角浅菏稀，银雨微珠瘦叶集。
风动花摇蛙唱舞，小荷喜乐也痴迷。

牡丹·四季花

春风昨夜入家园，唤醒牡丹即夜鲜。
别笑季梅偷眼看，此花四季现红颜。

山涧小花

山涧红花默默开，任凭风雨打身歪。
不嫉园内繁花艳，自长顽强也傲然。

绣球花

奇美绣球花似玉，团团簇簇满园开。
圣洁纯净陶心醉，疑似天仙下地栽。

角落池塘

小小池塘角落藏，有山有水翠荷香。
花香又引蝶蜂舞，水映蓝天骗鸟翔。
潜水红鱼浮又没，莲丛鸟翼闭还张。
一池景色千人醉，角落池塘也闪光。

楼台春花

春花开满我家园，上下楼台五彩鲜。
如海如波如彩缎，常居每美醉成仙。

榴献玑珠

红艳石榴入玉盘，爆开榴籽喜连连。
雪寒暑酷精华液，榴酿玑珠献众天。

拳心柿子

满山柿子似灯笼，渗透阳光浆汁彤。
软酿蜜甜迎良友，财狼来了涩疮脓。

五月榴花

四月桃花绚烂鲜，牡丹芍药醉人鼾。
春花五月纷纷残，耀眼榴花艳透天。

咏荷

荷你相见，心花相绽。
荷吾相逢，好事莲莲。

观于强画师的画作有感

石榴画

其一

远看石榴开口笑,鸟飞枝头正在叨。
走近伸手鸟不动,捧摘石榴逮不着。

其二

鲜红石榴绽口笑,榴膜清透千籽耀。
不由馋涎口中绕,几次伸手拿不着。

其三

榴红籽爆如玛瑙,小鸟飞来叨不着。
急得树梢喳喳叫,这果怎么不让叨?

其四

九月石榴绽甜香,小鸟飞来争先尝。
不知口中有没有,只见频频叨得忙。

画皮画籽透骨肠

榴树默默酿宝藏,春夏秋冬都在忙。
春华夏酿分秒抢,秋冬果离储能量。
画师石榴两相像,朝夕潜研神榴酿。
蜜榴玛瑙惠万民,画皮画籽透骨肠。

画案、榴园

万亩榴园铺画案，石榴栩栩登案前。
榴园万亩摆大宴，宴者不酒醉八天。

笔端石榴

彩笔轻轻纸上搭，案上石榴如灯挂。
不慕他人时运佳，只求笔端心神下。

两只红榴共雪放

北风瑟瑟小雪扬，榴叶落地一片黄。
榴梢风中轻轻吟，两只红榴共雪放。

叨石榴

石榴爆开枝头笑，引来群鸟纷纷叨。
三下五下数十下，不见榴籽出榴鞘。

无酒人也醉

石榴树下赏石榴画，画与石榴难分真假。
石榴园里榴宴盛大，石榴无酒醉倒天下。

石榴爆笑

石榴圆圆枝头挂，喜事满腹装不下。
有朝一日鼓不住，笑口爆开乐天涯。

守望

满树榴叶渐泛黄，石榴早已进市场。
瑟瑟秋风刮叶扬，一枚榴果在守望。

画中石榴

黄膜暗透榴籽笑，小鸟枝头频频叨。
伸手争食鸟不惊，指抠多时籽不掉。

如玛瑙

石榴爆开黄膜艳，膜下暗透笑籽满。
晶莹剔透红玛瑙，干咋嘴巴流馋涎。

蓝天石榴画

一树榴枝划蓝天，玛瑙榴籽碧空绽。
鸟恋枝头不飞展，神为榴鲜争下凡。

笑育天下生灵

石榴爆裂榴籽淌，天地精华籽心藏。
笑育天下好生灵，甜甜美美传世长。

榴王·石榴

石榴看似一红球，球里球外宝藏流。
榴王看似一凡人，心里心外一石榴。

岁月

我把岁月熬成浆，酸酸甜甜收进囊。
风卷云舒慢慢品，榴红榴落年年酿。

偷石榴

我不饮酒了，
黄昏，
偷了一枚石榴。
与晚霞同品，
邀明月共尝，
招星星观望。

我不饮酒了，
黄昏，
偷了一枚石榴。
这玫石榴，
是自己爆开的。
鲜黄的榴膜下，
依稀可见，
颗颗榴籽血红，
粒粒血红紧拥。

我不饮酒了，
黄昏，
偷了一枚石榴。
当沁脾的榴香扑鼻，
浓烈的甜酸入口，
我醉了！
晚霞醉了！
月亮醉了！
星星叹了！

我不饮酒了，
黄昏，
偷了一枚石榴。
这是画师的心吗?!
我分明看到，

他连着石榴的笔端，
正浸出红色的液体。
这真真切切的血红石榴，
还能感到心的温热和
情的灼炽！

荷塘仲夏

盛夏荷叶绿如碧，雨打众叶交响起。
荷花翩翩舞细雨，鱼跃蛙鸣唱莲米。

淡淡紫藤

蓝天清风紫藤，花淡气芳雅圣。
不求光艳灼世，但愿歌舞伴风。

丝瓜

丝瓜青青长长垂，脚登蓝天头下坠，
偎偎土地养育情，亲亲泥土难离嘴。

秋叶图

山高菊黄秋叶红，小鸟枝头唱长空。
风吹枝叶不摇动，近听鸟鸣却无声。

狮牙石榴

狮子出山吼声连，张牙舞爪惊动天。
石榴成熟开口笑，如爆狮牙震宇寰。

画艺·奇光

风吹榴红玛瑙鲜，满树宝光耀人间。
榴王在世正年壮，也献画艺奇光传。

师恩

玛瑙石榴甜，颗颗凝师汗。
遥寄恩师尝，师恩记心间。

冠世榴园美景

万亩榴园石榴红，漫山遍野红灯笼。
油光闪亮绿叶间，疑似星河落九重。

榴籽甜

冬凝冰雪夏收阳，天地精华一身藏。
风霜雨雪苦苦酿，秋来榴红爆甜香。

竹赞

（四首）

家国

明月照竹林，霞光染竹锦。
风雨绿竹旺，家国梦正馨。

赞竹子

挺拔向上气昂轩，宁折不弯不驱颜。
栋梁之材怀若谷，一身正气镇轩辕。

做竹子、品生活

人生苦旅奔生活，竹榴葡柿陪你过。
先做竹子直立稳，再品酸辣苦甜多。

老　竹

老竹扎根泥土中，敦敦实实撼不动。
挺拔向上直入云，虚怀若谷材气通。

书画人生（七律）

七尺案台宣纸铺，画笔一扬神韵出。
万亩榴园纸上越，千沟葡萄横空熟。
梅兰竹菊招人慕，牡芍荷草饱眼福。
身在万紫千红住，怎禁耕耘苦寒暑。

飞翔人生

人生在世如苦旅，缘来缘续命中许。
不管前程风雨遥，张开翅膀不能曲。

国庆

载歌载舞花锦萦，兵威队整战歌竞。
石榴爆开笑不停，七十三载举国庆。

种山石榴

凝天上彩虹，点满山灯笼。
尝酸甜果实，过多味日子。

石榴爆开

冰雪夏阳收胸怀，天地精华酿成彩。
凝心聚力三百六，一朝爆开镇世怀。

亦真亦画

赏石榴画，观石榴展，
赴石榴宴，掰石榴绽，

抚榴膜艳，亲榴籽软，
尝榴汁鲜，品酸涩甜。
看画是榴，看榴似画，
非是是非，榴情如醉。

视频石榴画

大红石榴笑口连，黄膜隐透玛瑙甜。
不由口中流馋涎，张口就吃碰屏面。

花开花谢

石榴花开终会败，人到兴时也会衰。
花开花谢年年有，人兴人衰莫喜哀。

祖国新貌

大红石榴爆口笑，鲜黄榴膜罩玛瑙。
举国欢腾红旗飘，万马腾空奔天道。

缘起石榴

花开花落花成果，缘起缘续榴正灼。
缘力共凝甘籽硕，心心相印酿生活。

葡萄·葫芦

葡萄如玉紫藤垂，葫芦默默一旁坠。
相安相悦比翼长，本不同根也相贵。

葡萄

冬凝寒雪夏收阳，天地精华苦苦酿。
冬去春来千条发，万串翠珠飘浓香。

榴光无限

五月榴花耀眼明，十月枝头红灯盈。
人生一世榴光照，百年福禄传光灵。

等待的石榴

风吹石榴进库房，枝头俩榴抱枝藏。
三九严寒不畏惧，只等抱雪舞魂扬。

柿子

（七首）

柿子甜

秋阳高照无云飘，满树柿子透玛瑙。
甜醉树下吃柿人，可知酿果苦炼熬？

酿柿子

寒冰夏阳默默藏，天地精华苦苦酿。
累累果实甜如蜜，柿柿如意拳心长。

柿事如意

柿子熟了枝头吊，鲜艳剔透如玛瑙。
摘给朋友尝尝鲜，柿柿如意甜到老。

柿情浓

柿子熟透玛瑙红，晶莹剔透挂灯笼。
软软糯糯甜透心，事事如意世情浓。

蜜柿子

牛心柿子满枝头，阳光穿柿蜜汁透。
树下不由馋涎流，张口就吃屏碰口。

柿柿周全

天时地转腊八到，屏送柿粥路遥遥。
喝粥边赏玛瑙柿，柿柿粥全乐淘淘。

霜柿

秋风劲吹果林光，大雁南飞声声凉。
秋田空空无飞鸟，霜柿满枝透日酿。

不枉此生

春花秋果转瞬间，榴红柿甜世人念。
人生匆匆百年过，尽劳尽乐心安然。

香甜石榴

冬凝冰雪夏收阳，天地精华苦苦酿。
秋来红灯满枝丫，爆开甜香万家尝。

观石榴漫想

石榴抱紧同仁，
才能酿出蜜果。
人找对了朋友，
一生才能快乐。

画石榴

颗颗榴籽血红，粒粒血红紧拥。
真真切切石榴，画师笔下情浓。

心画

榴聚万籽，酿宝稀世。
宝藏于心，画惊仙旎。

叶、果

只知道叶衬花美，
岂知叶比花还美！
都赞榴花红，
其实榴果彩最浓。

石榴与人

榴不凝天地精华，
——世不存；
人不修善自己，
——天不允。

兴衰

花开花落年年见，人兴人衰人人摊。
兴时人前莫摆显，衰时人后多流汗。

感恩画家

画师作画众人赏，画啥啥像神韵扬。
树木花草人鸟兽，均是艺人挚心肠。

堂前石榴

树干苍苍弯弯长，枝强叶茂果鲜亮。
引来堂前玛瑙淌，子孙福禄继世长。

年初六

六枚红榴耀枝头，六六大顺运当首。
子孙兔年展宏图，百业兴盛顺风走。

七星高照

艳阳当空严冬暖，七星高照人平安。
老树鲜桃五谷丰，天增岁月人寿延。

石全十美

大年初十石榴红，石全十美结灯笼。
大地生日石石贵，叩谢地母育众生。

叨不着

红榴爆开玛瑙流，小鸟飞来不想走。
十下八下叨不着，左看右看想不透。

沉默的石榴

石榴无声枝头挂，风吹日晒咬紧牙。
天地精华全力汲，满腹玛瑙醇无瑕。

红榴、汤圆

红榴开口笑，汤圆心里甜。
阖家喜团圆，快乐情满满。

天外屏幅

鲜桃柿子紫气东来，葡萄石榴福禄常在。
条条屏幅天外飞才，子子孙孙才如东海。

万众一109心

石榴万籽紧紧抱，天地精华酿成宝。
人心万颗凝志高，金山银山眼前耀。

小院秋实

紫玉晶莹垂青藤，丝瓜黄花三丝风。
金黄葫芦福禄寿，庭院人勤万物盈。

葫芦

金黄葫芦厅堂挂，吉祥如意进你家。
自古葫芦多福禄，富贵荣华不离它。

柿红秋满山

牛心柿子高枝悬，蜜汁苦酿阳光穿。
霜打枫叶丹果熟，万山红透秋韵仙。

仙桃众尝

一树鲜桃红艳艳，疑似仙人纤手点。
自古仙桃王母尝，而今世人皆尝鲜。

荷叶落珠

春雨霏霏落荷塘，银珠滚滚荷叶上。
叶斜珠落声声脆，我倚亭栏听珠响。

龙腾二月二

二月初二龙抬头，盘根错节老石榴。
龙腾榴笑新枝绕，榴绕龙跃舞丰收。

空枝独榴

秋尽叶落枝婀娜，一枚红榴隐梢灼。
天蓝地广无声迹，独榴空枝静思索。

包容

石榴包容千籽，
千籽奉献甜蜜；
人能善待万物，
万物成就世界。

翠竹

翠竹挺拔耸云霄，气宇轩昂不屈挠。
英武不欺草花艳，草偎花依更峻豪。

石榴人生

石榴苦酿千籽满，为有殷红滴滴甜。
人生洒下万滴汗，皆为匆匆生活甘。

苦乐人生

吃几枚石榴酸酸甜甜，走万里长路河山连绵。
经风吹雨打心洗神荡，匆匆的脚步不敢慢减。

静观山河

嫩叶小花三两朵，老榴蜜籽等我嘬。
门前庭外山河阔，任我静心描魂魄。

美色独好

一树红榴高枝爆，牡丹芍药逊惊躁。
美女抚琴声韵缭，美色绝伦这独好。

映日荷花

映日荷花如佛现，荷叶硕繁千手展。
遮天盖地无穷碧，佑护天下良民安。

鲜果美宴

平安吉祥福籽甜，千枚红榴绽笑颜。
桃鲜柿黄紫玉罕，花果美宴福禄延。

榴如龙

石榴孜孜纳千籽，天地精华酿成志。
有朝一日爆开花，如龙抬头展志起。

烟火与诗

石榴半酸半甜香，酸酸甜甜酿中享。
人生半诗半烟火，诗乘烟火即天堂。

甜美石榴

五月榴花占鳌头，九月绽榴美煞秋。
榴生榴长酷阳收，榴甜苦酿风雨骤。

榴世独尊

百花盛开争春浓，榴花五月默默红。
万花谢尽榴果绽，榴世独尊耀长空。

仙境

仙人掌上鲜花俏，美女舞在仙山腰。
云雾蒙蒙仙气绕，是凡是仙不知晓。

注：观画写诗。

榴籽紧抱

石榴隔年薄如纸，榴膜隐透血红籽。
千籽紧紧抱一起，再酿生活甜如蜜。

梅瓶·琼浆

梅瓶清丽佛手托，天酿榴汁琼浆酌。
洒向人间都是爱，乾坤和谐福多多。

柿柿如意皆福

财源滚滚不为富，万贯财产不是福。
平安和谐快乐心，事事如意百病无。

偷不走

石榴甜甜蜜汁流，小鸟叨榴不愿走。
不由馋涎流出口，几次欲偷不上手。

老榴新枝

老树弯弯不枯烂，新枝又发抻蓝天。
再酿天地精华液，榴红籽绽笑秋晚。

金墨葫芦

万物向阳人向福，高志厚德福中铺。
有福无德祸必附，有德天知降福禄。

不过

涩不过榴皮，甜不过榴籽。
容不过榴腹，美不过榴喜。

谷雨·榴芽

知时是好雨，谷雨润五谷。
榴芽新发绿，天地精华聚。

饮榴汁、康百年

大红石榴笑开颜，多子多福酿蜜甜。
琼汁榴液银杯满，愿君健康到百年。

石榴酒

榴园石榴大如球，万籽齐酿蜜汁流。
玉杯盛满琥珀液，醉倒饮客梦仙游。

八月鲜榴送团圆

一冬沉默孕气田，红花初绽五月间。
六月初果酿精华，八月鲜榴送团圆。

等待五月榴花

四月桃李花正艳，牡丹芍药相继绽。
待到五月春花尽，榴花耀眼红透天。

翅膀

石榴圆圆压枝弯，小鸟叨榴弯枝站。
枝软欲折不停颤，鸟凭双翅不畏险。

红石榴

朝霞似火红满天，我与石榴久结缘。
春陪榴花燃天红，秋设榴宴醉八仙。

自安然

石榴花开明耀眼，落红默默酿蜜甜。
不争不占不多言，不攀不羡自安然。

岁月

我把岁月熬成浆，酸酸甜甜收进囊。
风卷云舒慢慢品，榴红榴落年年酿。

绽榴喷花

蜀葵高绽榴树边，欲与石榴比美艳。
榴腹喜悦没鼓住，一笑喷开花满天。

榴汁最好

青丝白发一瞬间,茶苦茶香已尝遍。
榴汁到口酸酸甜,余生愿与榴相伴。

榴去榴来

酷暑烈日照榴行,榴树苦苦酿果忙。
天赐时光莫错过,地呈精华酿榴香。
日日暑阳苦熬酿,秋来满树红灯亮。
朔风吹来榴枝光,再孕来年更辉煌。

画葡萄

青藤紫葡挂薄霜,晶莹剔透鼓蜜浆。
叶展绿掌俏护守,张口食客碰屏障。

柿透骄阳满树灯

炎夏酷暑已去兮,秋风抚榴爽习习。
艳阳高照柿如灯,柿柿如意树树奇。

十五的石榴

十五石榴大又圆，绽开枝头比花艳。
万花开罢无踪痕，榴绽玛瑙入心田。

和《十五的石榴》

十五石榴大又圆，绽开枝头比花艳。
献给国庆七十四，融入国旗爱无边。

极品相吸美至极

洁白梅瓶蓝天立，榴枝婀娜绽果喜。
圣瓶圣果擎天地，极品相吸美至极。

榴枝婀娜

秋来榴枝沉甸甸，千条弯弯绝不断。
执输琼浆孕果长，来年枝长婀娜翩。

老树新枝红榴

老树新枝红榴满，方圆十里飘香甜。
暑阳慢酿百余天，百籽蜜汁献人前。

国富民强

榴满枝头柿满园，瑞雪飘飘兆丰年。
举国上下同心干，国富民安福满满。

石榴·民心

万亩榴园绿浪翻，大红石榴抱一团。
党旗插在榴中间，民心聚党鼓征帆。

晒美食

肚暖心甜

抗疫在家学做饭，互发朋友尝尝鲜。
画饼充饥肚也暖，望梅止渴腹亦甜。

花色美食

眼前美食花色弥，香味扑鼻馋涎滴。
不管三七二十一，张嘴就吃碰屏蔽。

牡丹馒头

远看牡丹好鲜艳，真想摘朵戴发间。
走近细看热馍香，张嘴就咬碰屏面。

盼

包子出笼腾热气，香味扑鼻馋涎溢。
何日真能吃到嘴，一饱口福解馋意。

馋

茅菜水饺腾热气，香味扑鼻馋涎溢。
张嘴欲吃口难及，干咂嘴巴空着急。

菜卷

五颜菜卷热腾腾，遥送朋友香味浓。
但使友人能解馋，美味永远留心中。

南瓜汤

绿豆南瓜汤一锅，降脂降糖去胃火。
甘香消渴营养全，劝君常饮好处多。

包子情

蒸包出笼热腾腾，香味扑鼻绕萦萦。
端给堂前爹和娘，养育恩情双手呈。

蒸卤面

一

卤子蒸面一大锅，浓香招引朋友多。
要想自做跟我学，享用终生嘴快活。

二

先炒鸡蛋放水和，鸡蛋卤水不可缺。
细面切成三寸长，上笼蒸熟别黏坨。

三

豆角切好放进锅，翻炒加水不离火。
放上面条一起焖，开小火苗别糊锅。

四

锅底水少别蹭磨，快浇蛋卤盖上锅。
菜里卤水别熬尽，关火翻菜拌匀和。

五

卤面出锅热气腾，腾腾热气香味浓。
张大嘴巴香叭嗒，美味永远绕心中。

扫帚蒸菜

扫帚野菜细又长，拌面蒸好甜又香。
消炎利湿清热毒，食药并济益健康。

辣子鸡

（组诗）

一

寻访美食走千里，当数枣庄辣子鸡。
香辣鲜咸美味全，全国首选上非遗。

二

辣子香鸡祖宗传，代代家家炒技全。
家餐外宴必上之，若馋这口必学咱。

三

选用公鸡当年好，洗净切块椒油炒，
听到骨头啪啪响，葱姜蒜瓣辣椒调。

四

继续翻炒香味爆，酱油料酒醋喷浇。
待到汁浓肉酱红，芫荽一撒香呆了。

辣汤

（组诗）

一

枣庄名喝酸辣汤，鲜辣酸咸口味香。
早点摊前来一碗，全身温暖精气爽。

二

辣汤起源数百年，代代相传不间断。
美味制作有讲究，真想学会也不难。

三

面筋首先洗筋道，锅里水响甩面搅。
甩开搅匀是关键，技术就在这一招。

四

姜末粉条花生米，胡椒香料豆腐皮。
水开以后下面水，出锅加醋香味溢。

煎饼

煎饼直径两三尺，粗粮细粮都能制。
对叠两层包满菜，鲁南家家天天吃。

菜煎饼

韭菜鸡蛋调馅料，摊进煎饼鏊上烙。
外酥里香飘百家，保你吃了还来要。

煎饼卷

煎饼烙多能存放，吃上几天仍喷香。
若是烙成煎饼卷，酥香丰脆馋涎淌。

黄米粘包

一

黄米粘包枣泥馅，香甜软糯都喜欢。
含有多种维生素，优质蛋白高又全。

二

补气健脾调胃肠，清理血管少瘀挡。
强身健体增免疫，快乐幸福寿年长。

小菜煎饼

（组诗二首）

一

小鏊直径一尺半，摊上面糊菜放全。
椒粉油盐不能缺，再盖两层慢火煎。

二

菜熟煎饼卷成卷，浓香诱人快靠前。
外酥内软吃不够，肚圆口饿不想还。

羊汤

一

枣庄人爱喝羊汤，几天不喝馋得慌。
三九喝的满头汗，三伏喝了升肾阳。

二

当天宰杀小山羊，煮熟切片放一旁。
一碗放上三四两，辣油芫荽浇滚汤。

三

羊汤讲究原味香，白汤红肉细品尝。
口重辣盐可放点，泡个烧饼香透肠。

粽子·妈妈

（组诗二首）

一

粽叶青青手中卷，粳米豆沙花生填。
裹好包严棉丝系，放到锅里煮半天。

二

掀盖粽香扑面扬，黏糯香甜馋涎淌。
妈妈未吃有心事，老人孩子满心装。

鲜花六朵

远看前面花六朵，鲜艳欲滴美灼灼。
欲摘一朵戴发间，瞬变美食送眼前。

美食如花

红绿黄蓝橙白粉，鲜艳夺目美煞人。
近前欲辨鲜花名，一桌美肴香喷喷。

马齿苋传情念

豆腐鸡蛋马齿苋，包子蒸好香气漫。
端给妹妹尝尝鲜，妹送齿苋传情念。

佳肴

远看鲜花一朵朵，又似佳肴一大桌。
是花是肴很难说，近前香气醉心窝。